少女任務中
クラウス《boss》

スパイ教室01

《花園》のリリィ

竹町

ファンタジア文庫

2930

口絵・本文イラスト　トマリ
銃器設定協力　アサウラ

SPY ROOM
the room is a specialized institution of mission impossible
code name hanazono

CONTENTS

スパイは常に嘘《うそ》をつく――。

プロローグ　特別任務

ギードは、ある男の部屋の前にいた。

ディン共和国のスパイチーム『焔《ほむら》』では、その男の担当はギードであると決まっていた。奇《き》人《じん》ばかりの『焔』ではあるが、その男のマイペースさは群を抜《ぬ》いており、比《ひ》較《かく》的常識的感性をもったギードに連《れん》絡《らく》が一任されていた。

それも当然と言えば当然だけどな、とため息をつく。

なにせ男を拾ったのは自分なのだ。

孤《こ》児《じ》であった幼い少年を世話して、一流のスパイに育て上げた。

まさか、ここまで手を焼く存在に育つとは思ってもみなかったが。

男は、朝から自室に籠《こも》っていた。朝食も、昼食も摂《と》らず、トイレにも行かず、自室から一歩も外に出ていない。

一体なにやってんだか。そう呆《あき》れて、扉《とびら》をノックする。五秒経《た》っても返事はない。それ以上ノックせず開けた。

その部屋の変わり様を見て驚愕《きょうがく》する。

白い壁紙《かべがみ》と赤い絨毯《じゅうたん》の美しい寝室《しんしつ》――それが、真紅《しんく》に染まっていた。

鮮血《せんけつ》のようなものが部屋中に飛び散っており、ベッドや洋服棚《だな》を汚《よご》していた。まるで殺人現場だ。人の死には慣れているギードでさえ悲鳴をあげそうになる。陽炎《かげろう》パレス――そう名がついた美しい洋館の一室が、凄惨《せいさん》な有様となっていた。

部屋の中央には巨大《きょだい》なキャンバスが置かれ、その前に男が立っていた。

男はうっとりした顔で絵を見つめる。

「極上《ごくじょう》だ――」

叩《たた》きつけるように絵筆を振《ふ》るい、キャンバスと絨毯、それからギードの顔に絵の具を飛ばす。すると、何かに気づいたように、ん、と振り返った。

「……師匠《ししょう》、何の用だ？」

「お前こそどうしたっ？」

「絵を描《えが》く気分になったんだ。師匠、今から足りない絵の具を買ってきてくれないか？」

「……ナチュラルに師匠をコキ使うよな、お前」

シリアスな話題を持ってきたのにボケんじゃねぇ、と悪態をつく。

ボケのつもりではなく、この男ならば自然体かもしれないが。

「特別任務だ。お前には明日《あした》からチームを離《はな》れて、単独で動いてもらう」

「特別……？」

任務の詳細《しょうさい》を説明する。説明が進むにつれて、男の顔つきも変わった。それは並のスパイならば怒《おこ》り出すほど過酷《かこく》な命令だ。実力者のギードでさえ拒否《きょひ》する。犬死にしろ、と宣告されているに等しい。

「お前でも成功率は一割未満だろう。失敗すれば死ぬ。やれるか？」

「引き受けるよ──師匠の命令ならば」

即答《そくとう》。

拒否も覚悟《かくご》していたギードは唖然《あぜん》とした。

男は再び絵筆をはしらせて、キャンバスに紅色《あか》を塗《ぬ》りたくる。「今日はこのくらいでいいか」と頷《うなず》き、ギードに視線を合わせた。

「師匠、もしもの時のために、遺言《ゆいごん》を残しておくよ。今の僕がいるのは全《すべ》てアナタのおかげだ。孤児だった僕を拾い、スパイに育て上げてくれた。採用してくれたボスにも感謝は尽《つ》きないし、『焔』のメンバーは愛していると言っても過言ではない。僕は家族を知らないが、皆《みんな》を家族のように思っている。そして、その家族にも友人、恋人《こいびと》、親族がいて、その集まりが国なのならば、僕はやはりこの国を愛している」

「逃《に》げたいとは思わないのか……？」

「微塵《みじん》もないな」

息をつく。ここで男が断ってくれれば、どれだけ気が楽だったか。

「なぁ、バカ弟子《でし》、この任務が終わったら、ある称号《しょうごう》を名乗れよ」

「スパイが名乗りを上げてどうする」

珍《めずら》しくまともな反論だったが、無視して告げる。

「『世界最強のスパイ』」

幼稚なネーミングだった。

ただ、相手は思いの外《ほか》気に入ったようだ。

「極上だ――」

すぐに出発するらしい。男は絵筆を片付けると、スーツ姿に着替《きが》え直して武器を服に仕《し》込《こ》んでいく。絞殺《こうさつ》用のワイヤーを隠《かく》した腕《うで》時計、ボイスレコーダー機能付きの万年筆、服の襟《えり》にはカミソリを隠し、袖《そで》の部分には長い針を潜《ひそ》ませる。

五分と経たずに支度《したく》を済ませる男に、ギードは言葉をかけた。

「いってこい」

男は目を丸くした。普段《ふだん》かけない言葉に戸惑《とまど》ったらしい。

「――いってきます」

やや間を空けて、男はどこか恥《は》ずかしそうに微笑《びしょう》を湛《たた》えた。

1章　脅迫

世界は痛みに満ちていた──。

歴史上最大規模の戦争が世界に残したのは、理不尽《りふじん》な苦痛、そして、生々しい傷跡《きずあと》だった。世界大戦と呼ばれる戦争はガルガド帝国《ていこく》の降伏《こうふく》で終結したが、戦勝国側も死傷者が一千万人を超《こ》え、実質、勝者のいない戦争となった。

死傷者の多くは民間人。それも世界大戦の特徴《とくちょう》だった。

戦争はもはや剣《けん》や弓の時代ではない。

科学技術が進歩した時代、兵器一つ一つの殺傷力は旧時代と格が違《ちが》う。短機関銃《きかんじゅう》、毒ガス、戦闘《せんとう》機、対人地雷《じらい》──ありていに言えば、人を殺し過ぎる。特にお互《たが》いが理性を失う大戦終盤《しゅうばん》は、見境のない虐殺《ぎゃくさつ》が各地で行われた。狙《ねら》われたのは力のない女子供だった。

終戦後、惨状《さんじょう》を目《ま》の当たりにした世界中の政治家が認識《にんしき》する。

戦争はコスパが悪い──と。

つまるところ、戦争は外交手段の一つに過ぎない。

他《ほか》に代替《だいたい》する手段があれば別にいい。

石油の採掘《さいくつ》権を得るために、戦車を持ち出す必要はない。敵国の政治家をたぶらかし条約を締結《ていけつ》する方が効率的だ。手段はいくらでもある。家族を人質《ひとじち》に取り脅迫《きょうはく》しても、金と亡命を約束して買収しても、女を抱《だ》かせて手駒《てごま》にしてもいい。目障《めざわ》りな政治家をスキャンダルで失脚《しっきゃく》させてしまえばいい。暗殺してしまえばいい。数百万人の自国民を失う戦争よりも、ずっと効率がいい。

平和など表向きでいい。

講和条約が世界各地で結ばれて、平和を信条とした国際機関が樹立された。初会議では、世界各国の首脳が立ち並び、にこやかな笑《え》みと共に握手《あくしゅ》をしてみせた。

かくして「光の戦争」は終焉《しゅうえん》を迎《むか》える。

現代で繰《く》り広げられるのは、スパイたちの情報戦――「影《かげ》の戦争」だった。

ディン共和国は、世界大戦の被害《ひがい》国であった。

本来戦争に無関係の田舎《いなか》国だった。産業革命時にも工業化の波に取り残されて、上質な農作物を生産し続けた。植民地支配を広げる国力もなく、侵略《しんりゃく》されるほど資源もない。しかし、当時、世界支配を進めるガルガド帝国と隣接《りんせつ》していたため、一方的な侵略を受けて多数の死傷者を出した。

大戦終了後《しゅうりょうご》、これまでの平和主義から国策は逸《そ》れなかったが、「影の戦争」を勝ち抜くためにスパイ教育に力を入れ始める。

十年の年月をかけ、国の各地にスパイの養成機関を設立した。

国中に何百人といるスカウトが、見込みのある子供を養成学校に通わせる。そして、容赦《ようしゃ》なくふるいにかける。未熟なスパイは邪悪《じゃあく》と言わんばかりに。養成学校は四半期ごとに厳しい試験を設けて、卒業者の数を絞《しぼ》る。過酷な卒業試験は死者も出すが――。


「えっ、わたしが卒業っ？　試験も受けていないのに？　やったあああぁ！」


この日、例外が生まれていた。

養成学校の校長は自室に呼び出した少女を見て、大きなため息をついた。

「仮卒業ですよ。卒業ではありません」

「でも、一人前のスパイとして働くんですよね？　落第寸前のわたしが！」

「それは、まぁ、そうですがね……」

本当にどうしてこの少女が、と校長は手元の書類を見た。

仮名はリリィ、十七歳。筆記試験では好成績を誇《ほこ》り、ある特異体質の持ち主。しかし、実地試験では壊滅《かいめつ》的な評価だ。大きなミスを繰り返し、落第ギリギリに居座り続けている。担当教官から、次の試験で退学だろう、と断言されている。

外見が評価されたのかしら、と校長はリリィを改めて観察する。艶《つや》やかな銀髪《ぎんぱつ》と愛らしい童顔、服の下でも強く主張する豊満なバスト。十七歳は若すぎるが、その年齢《ねんれい》を好む男も多い。男を惹《ひ》きつけ惑《まど》わす存在。つまり、ハニートラップ要員。

「……アナタ、色仕掛《いろじか》けは得意？」

「えっ、ふぇ、ふぇぇぇぇえっ？　無理です！　わたし、えっちなやつは苦手なんですよ！」

「女スパイとして致命《ちめい》的ね……」

「そんな無茶を言われても……えっ、もしかして、わたしの任務って……」

「違うわ」

「なんだぁ、よかったですぅ」リリィは安心したように胸を撫《な》で下ろす。

校長は再び息をついた。

相手はこの惨状を知って、リリィを選んだのだろうか。

「違う、というのは、まだ詳細を聞いていない、という意味よ」校長はリリィに睨《にら》みを利《き》かせる。「『不可能任務』って分かる？」

リリィは口元に手を当てる。

「ええと、同胞《どうほう》が一度、失敗した任務の通称《つうしょう》でしたっけ？」

「そう」校長はパチンと指を鳴らす。「スパイや軍人が失敗した任務、あるいは、その難易度から達成不可能と判断された任務――それが『不可能任務』です」

「はぁ……」

「そして、その『不可能任務』を専門に行うチームが結成されたそうよ」

えっ、とリリィが目を丸くした。

その驚愕《きょうがく》に同意する意味を込めて、校長は頷いた。彼女もまた、正気の沙汰《さた》と思えなかった。

一度失敗した任務を再挑戦《ちょうせん》する場合、その難易度は跳《は》ね上がる。ターゲットから警戒《けいかい》され、一度使用した手段は使えない。一度目の失敗で情報も外部に漏《も》れている。

不可能任務には手を出すな――それが、この世界の常識だ。

それを専門とするチームなんて前代未聞《みもん》だ。

「名は『灯《ともしび》』――それが、アナタが配属されるチームです」

リリィの顔が強張《こわば》った。

校長は、声のトーンを落として語り掛ける。

「あえて厳しい言い方をします。アナタには、確かに可能性がある。類《たぐい》まれな美貌《びぼう》、その特異体質、授業に真摯《しんし》に取り組む態度。将来性はあるでしょう」

「うふふ、褒《ほ》められるのは久しぶりです」

「逆に言えば、それしか長所はない」

「…………」

「落第寸前の落ちこぼれ――この学校が下した評価です。意地悪でも怠慢《たいまん》でもなく、優秀《しゅう》《ゆう》な教員が判断した結果が、『アナタはスパイの能力がない』。超《ちょう》難度の任務をこなせるとは思えません。不可能任務は一流のスパイでも成功率一割未満、死亡率は九割を超えると言われています」

「死亡率九割……」

「リリィ、アナタはそれでも『灯』に行きますか？」

懸念《けねん》は妥当だ。実際、彼女はミスばかり犯《おか》している。

一か月前の試験では、彼女はターゲットの目の前で銃を落とした。

四か月前の試験では、道で迷子になり、制限時間ギリギリにクリアした。

七か月前の試験では、盗《ぬす》み出した暗号コードをトイレに流した。

試験にスレスレで合格している存在だ。

校長は罪悪感さえ抱《いだ》く。

自分は、ただ少女を死に追い込んでいるだけではないか、と。

「……校長先生は、善意で言っているんですよね」

リリィは視線を落とした。

「あはは、だからこそ胸が痛いです。ぎゅって押し潰《つぶ》されそうです……」

「教え子を殺したくありません」

もちろん、校長には決定権がない。リリィの任命は、養成機関より上位の機関が決断した。

ただ、本人が拒絶《きょぜつ》するならば、一考の余地はあったが――。

「わたしは『灯』に行きます。逃《に》げるなんて真似《まね》は絶対にしません」

少女は、胸を張って告げる。

「コードネーム『花園《はなぞの》』、決死の覚悟《かくご》で参ります！」

その瞳《ひとみ》には決意の色が宿っている。

その覚悟があるなら大丈夫《だいじょうぶ》でしょう、と校長は納得《なっとく》した。

「なーんて、です。決死の覚悟なんてありませんよぅ♪」

と、リリィは舌を出す。

寮《りょう》の焼却炉《しょうきゃくろ》で、彼女はご機嫌《きげん》に独り言を繰り返した。次々と私物を炉に投げ込み、彼女が在籍《ざいせき》した痕跡《こんせき》を消す。養成学校のある山に煤煙《ばいえん》が立ち上っていく様を眺《なが》めつつ、彼女は、えへん、と胸を張った。

「簡単な推理です。不可能任務を専門とする超人チーム。エリートが集まっているに違いありません。平々凡々《へいへいぼんぼん》なチームよりむしろ安全。大出世！　いやぁ、隠《かく》れていても才能は見つかっちゃうもんですなぁ。むふ、やっぱり分かる人には分かっちゃうんですよ」

生徒には周知の事実であるが、この少女、なかなかな性格の持ち主だった。

校長の憂慮《ゆうりょ》を気に留めず、ただ仮卒業の事実に浮《う》かれて不用品を処分する。

エリートチームの一員になれる！

しかも、たくさんお給料をもらえる！

そのメリットで、リリィの気持ちは有頂天《うちょうてん》に昇《のぼ》り「いえーい！　青春よ燃えてけ！」と威勢よくノートやテスト用紙を燃やす。八年間、暮らし続けた寮室にはゴミが積み重なっていた。

とうとうゴミ箱が空になろうとした時、ふと、ある書類が目に入った。

『生徒数と将来性を加味して、今回は合格とします』

ゴミ箱の奥底に押し込んだ通知文――。

無言で破き、焼却炉に投げ入れる。

同じものを、十枚連続で。

将来性――リリィが言われ続けた言葉だ。自然と備わった才能で、リリィはこの学校に残り続けた。けれど、この才能はいつ開花するのだろう？

何年凡人を耐《た》えればいいだろう？

何度、蔑《さげす》みに堪《た》えればいいだろう？

「それでも、やってやりますよ……」

この学校で味わった苦渋《くじゅう》を全《すべ》て焼き払《はら》う。

「わたしはエリート集団で才能を開花させるのです。さようなら、わたしの母校！」

寮室の清掃《せいそう》を済ませて、養成学校を発《た》つ。残念ながら、同輩《どうはい》に別れを告げる時間はなかった。おそらく同輩は、空っぽの部屋を見てこう思うに違《ちが》いない。あぁ愚鈍《ぐどん》がとうとう退学になったんだ、と。

慣れないバスと汽車の乗り継《つ》ぎをして、一日――。

ある港町に辿《たど》り着いた。ディン共和国では、三番目に人口の多い都市。首都から離《はな》れておらず、海外と繋《つな》がる玄関《げんかん》口として栄えた街だ。汽車を降りると、煉瓦《れんが》造りの建物がぎっしりと並び、思わず息が漏れた。

花や新聞の押し売りをかわして、リリィは指定された建物に辿り着く。

ホワイトカラーの都市労働者が行き交《か》う通りに、時計屋と塗装《とそう》屋に挟《はさ》まれた二階建ての建物があった。看板には『ガーマス宗教学校』。来客口では受付らしき男がタバコをふかしている。勇気を出して入り「素敵《すてき》いっぱいの転校生です」と伝えると、男は一瞬《いっしゅん》目を細めたあと「奥に」と親指で後方を示した。

おぉスパイっぽいですよ、とリリィは感心する。

リリィは名目上、架空《かくう》の宗教学校の生徒を名乗らされていた。身分証も、制服も既《すで》に受け取っている。

受付が示した部屋は物置だった。大量の木箱が積まれている。それをずらすと、地下通路に繋がる階段がある。明かりに乏《とぼ》しい地下通路をしばらく歩くと、視界が開けた。

巨大《きょだい》な洋館があった。

貴族が暮らす宮殿《きゅうでん》と呼べそうな館《やかた》だ。

あんぐりと口を開けてしまう。

街のどこにこんなスペースがあったのか。建物同士が城壁《じょうへき》のように並んでおり、視界を覆《おお》っている。きっと街に長年暮らす人でさえ、この洋館の存在を知らないだろう。

（ここに『灯』の皆《みな》さんが……）リリィは唾《つば》をのんだ。（さすが、不可能任務をこなすエリートスパイの本拠地《ほんきょち》、です）

どんな天才が待ち受けているのか。

恐《おそ》れる気持ちもあるが、できれば優秀であってほしい。でなくては、誰《だれ》が自分の才能を目覚めさせてくれるのか。

高鳴る鼓動《こどう》をおさえて、リリィは洋館の扉《とびら》を開けた。

「コードネーム『花園』、到着《とうちゃく》しましたっ！」

スパイにあるまじく、堂々と名乗りをあげる。

さぁ、出てきなさい。エリートたち。

期待と緊張《きんちょう》を込《こ》めた眼差《まなざ》しで前を向く。

「あれ……？」

首をかしげる。

洋館の玄関先《げんかんさき》――そこにいたのは、リリィと歳《とし》の変わらない六人の少女。

彼女たちは大きな旅行カバンを抱《かか》えて、来訪者に視線を寄越《よこ》していた。どうやら彼女たちも到着したばかりらしい。リリィと同じく配られた学生服を身に着けている。

「おい、お前」

その一人、白髪《はくはつ》の少女が睨みをきかせてくる。

ショートカットの凜然《りんぜん》とした雰囲気《ふんいき》を纏《まと》う少女だ。目元がつり上がっており、こちらを刺《さ》すような鋭《するど》い視線を向けてくる。引き締《し》まった身体《からだ》つきも相まって、中々に威圧《いあつ》的だった。

「養成機関での成績を教えろ」

「え……ええと、『灯』の皆さんはどこですか？」

「まず、質問に答えろ。くだらん嘘《うそ》つくなよ」

え、なにこの突然《とつぜん》の尋問《じんもん》は。面接？

凄《すご》みがきいた視線に反射的に口走ってしまう。

「しょ、正直に話すと落ちこぼれで――」

その答えを遮《さえぎ》って、不気味な音が玄関に響《ひび》いた。

時計の鐘《かね》。

正面に掛《か》けられた振《ふ》り子《こ》時計が、館中に響く音を響かせた。

時刻を見れば、六時。

事前に伝えられた集合時刻が訪《おとず》れた。

「――極上《ごくじょう》だ」

七人の少女が一斉《いっせい》に顔を上げる。

玄関正面の大階段の上には、いつの間にか、スーツ姿の人物が出現した。

肩《かた》近くまで伸《の》びた髪《かみ》と色白の肌《はだ》のせいで一瞬女性に見えたが、贅肉《ぜいにく》を削《そ》ぎ落とした細い長身を見て男性だとようやく判断できた。美しい男性だ。その美しさが一切《いっさい》の無駄を排除《はいじょ》して成り立ったものであると気づくと、凍《こお》り付くような無表情が不気味に感じられた。髪さえ整えれば、街に溶《と》け込んで消えていきそうだ。

ただ、なぜかスーツは真っ赤に汚《よご》れている。返り血のような赤さで。

「ようこそ、陽炎《かげろう》パレスへ。僕は『灯』のボス、クラウスだ」

陽炎パレス――それがこの建物の名前らしい。

男は階段の上から説明を続ける。

「歓迎《かんげい》する。よく来たな。僕と、お前たち七名が『灯』のメンバー全員だ。このメンバーで不可能任務に挑《いど》む」

「へ？」リリィが尋《たず》ね返す。

「任務は一か月後。それまで僕がお前たちを鍛《きた》えあげる予定だが……そうだな、今日は長旅で疲《つか》れただろう。訓練は明日からにして、仲間と親睦《しんぼく》を深めておくといい」

クラウスは身を翻《ひるがえ》して館の奥に消えていった。

唖然《あぜん》とした。

あの男は今なんて？

『灯』のメンバーは、一人の男と少女のみ？

不可能任務まで一か月？

「あの男、何が目的なんだよ」

先ほどの凜然とした、白髪の少女が呟《つぶや》いた。

「あたしらみたいな問題児ばかり集めて、不可能任務なんて」

追い打ちをかける情報に、リリィが目を見開く。

白髪の少女は重々しく頷《うなず》いた。

「あぁ、そうさ。七人全員――養成学校の落ちこぼれだ」

面食《めんく》らって、しばらく声が出なかった
年端《としは》の行かない七人の少女。

そして、あの謎《なぞ》めいた男だけで挑むらしい。
死亡率九割の超《ちょう》難度任務に——。

クラウスが何も説明せず去ったので、少女たちは勝手に館を探索《たんさく》した。

陽炎パレスの内装は見るからに豪勢《ごうせい》だった。

建物内には赤い絨毯《じゅうたん》が敷き詰《つ》められて、談話室には革張《かわば》りのソファが並んでいる。キッチンには食器棚《だな》全面に高級食器が並べられて、最新式のガス式コンロが設置されていた。

地下には大浴場や遊戯《ゆうぎ》室もある。

最後に大広間に向かうと、メッセージを見つける。

壁《かべ》には大きな黒板があり、文字が記されてあった。女性が書いたような丸っこい文字。

クラウスが書いたとは思えない。

『陽炎パレス・共同生活のルール』

そこには、ここに暮らすための規則が細かく記されていた。

「えっ、今日からここに暮らしていいんですかっ？」

リリィが歓声《かんせい》を上げた。

おぉ、と他《ほか》の少女も呻《うめ》いた。

黒板には、自由に使用してよい部屋や館を出入りする方法が書かれている。なるほどなるほど、と読み進めていくが、最後の二つで首を傾《かし》げた。この二つだけ汚《きたな》い字で記されている。


『ルール㉖　七人で協力して生活すること』

『ルール㉗　外出時に本気を出すこと』


少女たちの頭に疑問符《ぎもんふ》が浮《う》かんだ。

前者はやけに子供じみているし、後者は意味不明だ。

全員で頭を捻《ひね》らせるが、答えが浮かばない。

その時、白髪の少女がテーブルに置かれた封筒《ふうとう》を発見した。

「お、金もあんじゃん。とりあえず懇親《こんしん》会でも開こうぜ？」

彼女が見つけた封筒の中には、十分すぎる生活資金があった。

せっかくなので、七人の少女は全員で晩ご飯の支度《したく》を始める。全員で食材を買いに行き、一人一品ずつ用意していく。洋館の調理品はどれも一級品だった。ただの新品ではなく、使い込まれている。

女スパイとして鍛えられた少女たちは、一通り家事ができる。あっという間に晩ご飯が完成した。

料理とリンゴジュースで乾杯《かんぱい》し、少女たちはざっくばらんに言葉を交わし合う。

そして、すぐに打ち解けた。

少女の一人が養成学校での過酷《かこく》さを語れば、別の少女も手を叩《たた》いて共感する。話が盛り上がれば、更《さら》に別の少女が、自分の学校はもっと大変だった、と自虐《じぎゃく》を交えて笑い話にする。とにかく会話が途切《とぎ》れず、次へ次へと展開されていく。

みんな落ちこぼれだからでしょうか、とリリィは分析《ぶんせき》する。

少女の中には成績の低さを認めない者もいたが、各々《おのおの》トラブルを抱えていたのは事実のようだ。

出身の地方も、養成学校も、年齢《ねんれい》も、バラバラだったが、自然とウマがあう。

数奇《すうき》な出会いだけでなく、豪華《ごうか》な洋館にも浮かれていた。養成学校は規律が雁字《がんじ》搦《がら》めで、気を抜《ぬ》いて食事ができる環境《かんきょう》ではなかった。食事も質素で、大半はクズ野菜と赤身の乏しい肉だけの料理だった。

「養成学校じゃ分からなかったですが」リリィがジュースを飲み込んだ。「スパイって、こんな豪華な暮らしなんですね。イメージと違《ちが》いました」

「な！　天国みたいな日々が送れそうだな」

白髪の少女が頬《ほお》を緩《ゆる》める。ちなみに彼女は十七歳で、リリィと同い年と判明した。

すっかり打ち解けた二人は、いえーいとハイタッチを交《か》わす。

だが一方で、冷静に現状を見つめる少女もいた。

「妙《みよう》っすよ」

茶髪《ちやぱつ》のパーマ気味の少女だった。

気弱な顔立ちをしている。歳《とし》は十五歳と幼め。顔を俯《うつむ》かせて、八の字に眉《まゆ》を歪《ゆが》めながら、もじもじと身体の前で指をすり合わせている。獣《けもの》に怯《おび》える小動物のようだ。目は潤《うる》んでおり、今にも泣きそうになっていた。

「この洋館、少し前まで絶対誰かが生活していたっす」

「ん、それがどうした？　歴史あって良いんじゃね？」

「その入居者はどこに消えたんすか……？　やっぱりこのチーム変っすよ。自分みたいな劣等生《れっとうせい》だけで、不可能任務だなんて」

「んー？　確かに気になるけど、明日教えてくれるんだろ」

白髪の少女がチキンを頬張《ほおば》る。それで話は終わりというように。

しかし茶髪の少女は納得《なっとく》しなかったようだ。しゅんとして目を伏《ふ》せる。

「確かに、想像とはちょっと違いましたけどね」

フォローするようにリリィが言った。

「でも、これはこれで最高ですよ」

他の少女が、一斉に彼女へ視線を向ける。

リリィは天井《てんじょう》にぶらさがるシャンデリアを見つめて、甘い口調で言った。

「ほら、考えてもみてください。こんな豪邸《ごうてい》で、女の子たちで三食ご飯食べて、訓練して任務に駆《か》け回って、お風呂《ふろ》入って、ご飯食べて、ボードゲームして、たまには夜遊びに繰《く》り出して、そして、スパイとして大活躍《かつやく》できたら――それって最高ですよね」

「飯四回食ってんぞ」白髪の少女がツッコミを入れた。

「まぁ、多い分には」

「願望自体は悪かねぇけどな」

リリィの願望に、反対意見は出なかった。

もしかしたら、全員同じ想《おも》いかもしれない。

「その素敵《すてき》な野望を叶《かな》える方法は決まっているわ」

また、別の少女の一人が口を挟《はさ》んだ。

ストレートヘアの黒髪の少女だった。少女たちの中で最年長の十八歳。人目を惹《ひ》き付けるような抜群《ばつぐん》のプロポーションと眩《まばゆ》いばかりに美しい顔立ち。その美少女ぶりを更に引き立てるような優艶《ゆうえん》な笑《え》みを浮かべている。

「任務を達成してしまえばいいのよ、このみんなで！」

なんとなく委員長っぽい彼女が言うと場がまとまった。

自然とそれが解散の合図となる。

片付け当番をじゃんけんで決めて、少女たちは割り振った自室に向かった。陽炎パレスには十分に部屋があり、少女たちは個室を手に入れた。

良い仲間に巡《めぐ》り合えましたね、とリリィが満足して、自室に向かう。その途中で視界に、浮かない顔をした少女が映った。

先ほど不安を訴《うった》えた気弱な茶髪の少女だった。

「……やっぱり、まだ不安だったりします？」

そう微笑《ほほえ》みかけると、彼女は小さく頷いた。

「情けないけど、そうっす……」か細い声だった。顔の筋肉が強張《こわば》っている。「あの、ちなみにリリィさんは逃《に》げる当てとかあるっすか？」

「逃げる？」

「不可能任務に挑《いど》む前に、逃げるんすよ」

「うーん、残念ですが、わたしに身寄りはないです。家族もいないですもん」

「うぅ……学校には仮卒業を言い渡《わた》されているし……八方塞《はっぽうふさ》がりっすね……」

どうやら彼女も身寄りがないらしい。

スパイ養成学校の生徒は、事故や不幸で両親を亡《な》くしたケースが多い。

そんな事情でもなければ過酷な工作員を志す者は少ないだろう。

「心配しすぎですよ」

リリィは仲間を励《はげ》まそうと満面の笑みを作った。

「そもそもですね、クラウスさんだって、勝算なく落ちこぼれを集める理由がないんです。

だって部下がザコだったら危険なのは自分じゃないですか。明日から完璧《かんぺき》な授業で、わたしたちを鍛え上げる気なんですよ」

「ふ、不可能任務が達成できるほど……？」

「もちろん！　あのオーラばりばりの人が凄《すご》い授業をして、わたしたちの秘《ひ》めたる才能を目覚めさせてくれるんですって」

根拠《こんきょ》のない励ましではなかった。

彼には、養成機関の教官を遥《はる》かに凌《しの》ぐ威《い》圧感《あっかん》があった。おそらく育成の天才なのだろう。

落ちこぼれを集めて不可能任務に挑む以上、相応の自信があるはずだ。

「……それもそうっすね」

茶髪の少女の表情が和《やわ》らいだ。

「ありがとうございました、気分が落ち着きました。ぐっすり眠《ねむ》れそうっす」

「どういたしまして。では明日からの訓練に備えて、よくおやすみです！」

リリィは小さく手を振《ふ》った。

もちろん不安はある。現状の自分たちでは不可能任務を達成できない。任務の詳細《しょうさい》こそ不明だが、落第寸前の少女が死亡率九割を乗り越《こ》えられるはずがない。

だからこそ、クラウスがこの状況《じょうきょう》を打開してくれる——そう信じ切っていた。


陽炎パレスに訪《おとず》れて、二日目。

少女たちが大広間に待機していると、クラウスが現れた。昨日の赤く汚《よご》れた服ではなく、清潔なパンツルック。本人が整った容姿なので、リリィは一瞬見惚《いっしゅんみと》れてしまった。

「おはようございます、ボス」と高鳴る心を誤魔化《ごまか》すように挨拶《あいさつ》する。

「その呼び名は虫唾《むしず》がはしるな」クラウスは眉をひそめた。「ボスはやめてくれ。先生、もしくは、クラウスだ」

「はぁ……じゃあ、先生って呼びます」

「構わない。さっそく『灯』の会議を始めようか」

大広間には、コの字形に置かれたソファがあった。そのソファに腰《こし》かけて待機していた少女たちは気を引き締《し》める。

クラウスはあくまでマイペースに語りだした。

「説明しよう。『灯』は、不可能任務の達成を目的とした臨時チームだ。任務は、ガルガド帝国《ていこく》の研究施設潜入《しせつせんにゅう》ミッション。詳細は後日語るが、施設内のある物を盗《ぬす》み出す。この任務が不可能任務と言われる所以《ゆえん》は、先月この任務に関《かか》わったスパイチームの失敗だ。全員死亡。情報一つ持ち帰っていない」

少女の誰《だれ》かが「全員死亡……」と呻いた。

クラウスは頷《うなず》いた。

「僕たちは一月《ひとつき》後に発《た》ち、研究施設の潜入《せんにゅう》任務に入る。猶予《ゆうよ》は僅《わず》かだ」

内容を改めて聞かされて、リリィの足が冷えた。

一流のスパイでさえ成し遂《と》げられなかった任務を、落ちこぼれの自分たちが挑むのだ。

やはり、それだけ聞くと馬鹿《ばか》げているように思える。

「心配するな」

　クラウスが優《やさ》しい声をかけてきた。

「僕は、見ての通り世界最強のスパイだ。僕より優秀《ゆうしゅう》なスパイは存在しない。僕の授業をこなせば、不可能任務など児戯《じぎ》に等しい」

　教育には自信があるようだ。

　不安など知らないような堂々とした立ち振《ふ》る舞《ま》いだった。

「いや、『見ての通り』って言われても分からんけど」

　白髪《はくはつ》の少女が凛然《りんぜん》と告げる。クラウスの宣言にも物怖《ものお》じせず、鋭《するど》くツッコミを入れた。

　クラウスは深く頷いた。

「なら、僕の授業を受けて決めればいい」

　彼は大広間に置かれた木箱から、複数の南京錠《ナンキンじょう》を取り出した。それを生徒たちに向かって、一個ずつ投げていく。

「過去、帝国の軍事施設で用いられた鍵《かぎ》だ。潜入時にはこの解錠が必須《ひっす》スキルとなる」

　リリィは受け取った南京錠を観察する。

　一般《いっぱん》に流通しているものよりも、大きく、重たかった。

「この鍵を開けろ。制限時間は一分以内」

いきなりの試験！

リアクションを取る暇《ひま》もなく、リリィはポケットからピッキングツールを取り出した。

だが、カギの内部にツールを差し込むと理解した。ピッキング対策が施《ほどこ》された特注品だ。

合わせるべきシャーラインがどう乱れているのかさえ分からない。

こんなの一分では無理ですよぅ、とリリィは嘆《なげ》く。

汗《あせ》を流しているうちに制限時間が過ぎた。

「終わりだ」

クラウスが言い放つ。

振り返ると、一人だけが成功していた。残りの六人はリリィ同様失敗している。

だが、こんなのできないのが普通《ふつう》だ。

養成学校でさえ、これほど複雑な機構の南京錠を見たことがない。

クラウスは開かなかった南京錠を回収した。

「成功は一人か。気にするな。想定の範囲《はんい》内だ」

「くっ」白髪の少女が顔を赤くする。「そう言うアンタはできるのかよっ」

「疑うなら見ておけ」

次の瞬間、クラウスは六つの南京錠を上に放《ほう》り投げた。

「鍵はこのように——良い具合に開けろ」

後の事は、リリィは視認《しにん》できなかった。

クラウスが二、三度、腕《うで》を振るった。

だが、それ以上はまったく見えない。理解できたのは、もたらされた結果だけだ。

解錠された南京錠が、六個、絨毯《じゅうたん》に落ちる。

一個一分どころか——六個一秒。

少女のうち誰かが「すご……」と呻《うめ》いた。

リリィも呆然《ぼうぜん》とした。

養成機関の教官レベルを超然《ちょうぜん》と上回る。これほどのスキルがあれば、どんな施設でも潜入して機密文書を盗み出せる。そう確信できる神業《かみわざ》だった。

これが第一線のスパイの実力——。

もはや人外の境地だ。

「言っただろう？　僕より優秀なスパイは存在しない、と」

その自信が実力に裏打ちされたものと証明される。

リリィの足の震《ふる》えが止まった。

——信頼《しんらい》できるかも。

「これを見てまだ不安がある者は？」

少女たちは全員首を横に振った。異を唱える者はいない。少女たちは皆《みな》、羨望《せんぼう》と期待の眼差《まなざ》しをクラウスに向ける。

一秒でも早く授業を受けたい、とその表情が語っていた。

やっぱりこの人が自分を変えてくれるんですね、とリリィも目を見張る。

生徒から羨望の眼差しを受けながら、クラウスは悠然《ゆうぜん》と口を開いた。

「さて、次の講義だが――」

「え？」

「ん？」

妙《みょう》な間があった。

クラウスが不思議そうに首を傾《かし》げ、リリィも「あれ？」と頭をひねった。

気のせいでしょうか。今、この先生おかしなことを口走ったような。

間違《まちが》いかなと感じて、リリィは頭を下げた。

「あ、すみません。先生、授業を止めてしまって」

「いや、疑問があるなら言うといい」

「大丈夫《だいじょうぶ》です！　解説を続けてください！　わたし、それが早く聞きたくて――」

「終わりだぞ」

「へ……？」

「ピッキングツールを良い具合に使えば開く。お前たちは悪い具合に使うから開かない。鍵開けの解説は、以上だ」

「「「「「「「…………………………………」」」」」」」

少女全員が重たい沈黙《ちんもく》を共有した。

視線をぶつけ合う。やはり全員、同じ気持ちのようだ。

この男、もしかして——。

クラウスも様子がおかしいと察したらしい。

不思議そうな面持《おもも》ちで見つめ返す。

「……まさか、理解できないのか？」

まさか、はこっちのセリフです。

リリィはそう気持ちを込《こ》めた目線をぶつける。

クラウスは腕を組み、数秒黙《だま》り込んだあと、口を開いた。

「……大サービスだ。今後の授業予定を教えよう。交渉《こうしょう》『美しく語れ』編と、戦闘《せんとう》『とにかく倒《たお》せ』編、変装『割となんとかなる』編だが、ついていけそうか？」

「無理です」

「本当か？」

「マジです」

「『美しく語れ』を『蝶《ちょう》のように語れ』と言い換《か》えても？」

「余計、混乱しました」

「なるほど、極上《ごくじょう》だ」

クラウスは深く頷き、それから、ふぅっと息を吐《は》いた。

「初めて自覚したよ——僕は授業が下手らしい」

さらっと、とんでもないことを吐《ぬ》かして、彼は大広間を歩き出した。開いた口が塞《ふさ》がらない少女たちの前を通り過ぎ、広間の扉《とびら》まで辿《たど》り着くと、

「後は、自習だ」

と言い残して去っていった。

静寂《せいじゃく》。

少女たちはしばらく無言でいたが、事態を察し、もう一度顔を見合わせ、互《たが》いに頷き合い、一斉《いっせい》に立ち上がり、

「「「「「「「ちょっと待てえええええええぇ！」」」」」」」

と叫《さけ》んだ。

大広間は阿鼻叫喚《あびきようかん》の有様だった。

「一体わたしは何を見せられたんですかぁ！」「笑い事じゃないっすよ！」「ずっと気になってんだけど、一体なにがどう『極上』なんだよっ！」「アレは相当ひどいわね……」

少女たちが口々に喚《わめ》き散らすのも無理なかった。

希望がなくなった。

落ちこぼれが不可能任務を達成する方法が消えた。

「これで、どうやって任務に挑《いど》めばいいんすか！」

茶髪《ちやぱつ》の少女が普段より一層泣きそうな顔をした。

リリィも唇《くちびる》を震わせる。ようやく自分たちの置かれた状況《じようきよう》を呑《の》み込めてきた。

『灯』のボス――あの男は凄《すさ》まじいポンコツだ。

「さ、最悪、わたしたちだけで訓練して、相応の実力を身につければ……」

「でも、問題は訓練だけではないわよ」黒髪《くろかみ》の少女は顔に指をあてた。大人っぽい優艶《ゆうえん》な仕草。「あの人は教官兼《けん》ボス。つまり作戦の指揮も彼が担《にな》うのよね？」

「えぇと、つまり、なんです？」

「まともに指示が出せるのかしら？　『裏口から良い具合に潜入《せんにゅう》しろ』『モグラのように探《さぐ》れ』という命令が来るかもしれないわ」

ありそうだ。

というか間違いなくそうだ。

リリィは、自分の顔が青白くなっていくのがわかった。

「やってられるかああああああああぁ！」

未曾有《みぞう》の危機に白髪の少女が叫ぶ。

堰《せき》を切ったように他《ほか》の少女たちもめいめいに主張を始めた。

天国から地獄《じごく》へ一転。

かくして、新スパイチーム『灯』は始動一時間足らずで崩壊《ほうかい》した。

リリィは食材を抱《かか》えて、雑踏《ざっとう》を歩いていた。

買い物に出たはいいが、足に力が入らない。重い足取りで陽炎パレスに戻《もど》っていく。途《と》中《ちゅう》何度もジャガイモを零《こぼ》しそうになって、深いため息をつく。

（どうして、こんな目に……？）

結局、クラウスは部屋に籠《こも》ったきり出てこない。

仕方なく少女たちだけで鍵《かぎ》開けの訓練を行ったが、そんなものは養成学校で散々やってきた。急激な成長は見込めない。

独学でなんとかなるなら、自分たちは落ちこぼれていない。

一か月後に迫《せま》った不可能任務を達成できるわけがない。

（まったく、どこのどいつですか！　先生が完璧《かんぺき》な授業をしてくれるって言ったお馬鹿《ばか》さんは！　このままじゃ才能を開花させるどころか、死んじゃいますよっ！）

心中で悪態をつきながら迫りくる現実に震える。

今振《ふ》り返ると、養成学校の校長はこの展開を危惧《きぐ》していたのか。

――本当に逃《に》げてしまうか？

仲間が語った考えが頭を過《よ》ぎる。

（でも、逃げる先なんてないですし……それに――）

自分一人が逃げたら仲間たちはどうなる？

『願望自体は悪かねぇけどな』と凛然《りんぜん》と頷《うなず》いた白髪の少女。

『任務を達成してしまえばいいのよ、このみんなで！』と優艶に励《はげ》ました黒髪の少女。

『気分が落ち着きました。ぐっすり眠《ねむ》れそうっす』と気弱な笑《え》みを見せた茶髪の少女。

彼女らと過ごした期間は、たった一晩だ。

けれどもリリィと変わらない年齢《ねんれい》で、リリィと同じ境遇《きょうぐう》を過ごしてきた少女だ。そんな仲間を見殺しにして、自分だけが逃げる……？

（けど……わたしにできることって……）

その時、頭にアイデアが湧いた。

ありえない、と反射的に否定する。

——唯一《ゆいいつ》の突破口《とっぱこう》。

しかし、一度頭に浮《う》かんだ計画はそう簡単に消えない。時間が経《た》つにつれて、他に方法はないように思えてくる。

その時だった。

人混《ひとご》みから老女の声が聞こえてきた。「引ったくりよっ！」

反射的にリリィが振り向く。

大男がカバンを摑んで、雑踏を駆《か》けてきた。道行く無数の人を押し分けて、逃走《とうそう》を図《はか》っている。しかも——リリィの方向に。

「邪魔《じゃま》だ！　ガキッ！」大男はリリィを突《つ》き飛ばしてきた。

丸木のような太い腕《うで》に押されて、「きゃぁっ」とリリィは道端《みちばた》に転がる。

その間に、男は走り去っていった。

「あいたたた、です……」

リリィは尻《しり》を擦《さす》って、転がったジャガイモをかき集めた。一個一個数えて、息を吹《ふ》きかけ泥《どろ》を払《はら》っていると、品のよさそうな老女が近寄ってきた。

どうやら彼女が引ったくりの被害者《ひがいしゃ》らしい。

「お嬢《じょう》ちゃん、大丈夫かい……？」

「ん？　あ、はい、大丈夫です」

老女が弱々しく眉《まゆ》を曲げた。

「お互い不幸だったねぇ。まぁ、命があるだけでも良しだねぇ」

「ん……それもそうですね」リリィは笑顔で返した。「命があるだけマシですね」

「そうそう」

「命があれば、美味《おい》しいごはんにありつけます！」

「お嬢ちゃん、ポジティブだねぇ」

「まったく！　こっちは本気の本気で悩《なや》んでいるのに、くだらない邪魔してきたんですもん。感謝してほしいですよ——まだ生きていられるなんて」

老女が顔をしかめた。

「ん？　誰《だれ》のことを言っているんだい？」

「え、そんなの決まっているじゃないですか」

リリィは薄《うす》く微笑《ほほえ》んで、前方を指で示した。

「――引ったくりさん」

その指の先では――大男が倒れていた。

老女には、何が起きたのか理解できなかったようだ。

先ほどまで駆けまわっていた男が、泡《あわ》を吹いて失神している。

たった一瞬《いっしゅん》で。

「突発的な持病ですね、きっと」

リリィは大男の下《もと》に近づくと、こっそり針を引き抜いた。カバンを奪《うば》い、髪を結《ゆ》っていたリボンで男を縛《しば》り上げる。後はやってきた警察が処理してくれるだろう。

意識のない大男を見て、リリィは小さく頷く。

（そうですよね……わたしたちはスパイですもん）

唖然《あぜん》とする老女にカバンを手渡《てわた》して、にこやかに尋《たず》ねる。

「ねぇ、おばあちゃん、この街の観光名所ってどこですか？」

やるしかない。

いくら敵が強くとも生き延びる手段は一つだけ。

尻込《しりご》みすれば無為《むい》に時間を消費するだけだ。

少女は、人知れず静かに微笑む。

(他に手段がないなら——ターゲットを仕留めるだけ)

内心で呟《つぶや》いて。

リリィは、そっと始動する。

(コードネーム『花園』——咲《さ》き狂《くる》う時間です)


クラウスの寝室は、陽炎パレス二階の端《はし》にあった。

陽炎パレスには際立《きわだ》って豪華《ごうか》な部屋が複数あったが、なぜかクラウスはそれらを用いなかった。部屋の配置から察するに、彼の自室はさほど広くないはずだが。

もしかしたら特別な仕掛《しか》けでもあるのでしょうか、と勝手な想像をして、リリィは部屋をノックする。

が、返事はない。

何度も何度も叩《たた》くが一向に返答がない。

イライラして扉《とびら》を開けると、クラウスは部屋にいた。ノックを無視する主義なのか。

殺人現場のような部屋だった。

紅《あか》色の液体が部屋の全面に飛び散っている。リリィは悲鳴をあげた。油の匂《にお》いを嗅《か》ぎ、それが大量の絵の具と分かると胸を撫《な》で下ろした。

クラウスはキャンバスの前で椅子《いす》に腰《こし》かけ、腕組みをしている。

「用件はなんだ？」彼が顔をあげた。「僕は見ての通りだ」

「なにが？」

「新しい授業法の模索《もさく》中だ」

絵を描《えが》いているようにしか見えない。

だが、彼の足元には大量の本が積まれていた。どれもタイトルには『教育学』が入っている。本気で試行錯誤《さくご》しているらしい。しかも、かなり真面目《まじめ》に。

じゃあ油彩《ゆさい》画には何の意味があるのかと気になって、絵を覗《のぞ》き込む。全面、紅の一色で塗《ぬ》られている。荒々《あらあら》しい線が描き連なっている抽象《ちゆうしよう》画だ。

キャンバスの右下には『家族』と書かれていた。

タイトルなのか？　この絵の具のゴミ捨て場みたいな絵が『家族』？

この男の思考回路は分からない。

「先生、新しい授業法は思いつきそうですか？」

「まったく」

即答《そくとう》。

リリィは、肩《かた》を落とす。やはりこの男はポンコツか。

「安心しろ。一週間以内に結論を出す。それまで自主鍛錬《たんれん》に勤《いそ》しんでほしい」

一週間も待てるわけがない。任務の日は一か月と迫っているのに。

唾《つば》を飲み込み、提案した。

「先生、一個だけアイデアがあります」

「なんだ？」

「今から、お出かけしませんか？」

クラウスの眉間《みけん》に皺《しわ》が寄った。

「なぜだ……？」

「気分転換《てんかん》です」

リリィは頷いてみせる。

「人間、狭《せま》い部屋にいると、考えも狭くなってしまうものです。そんなときは、レッツお散歩！　根《こん》をつめるだけじゃなく、リフレッシュも大事ですよ」

「散歩なら先週した」

「あ、なら大丈夫《だいじょうぶ》ですね……とはならないでしょう！」

「ノリが良いな」

クラウスは首を横に振った。

「気遣《きづか》いは嬉《うれ》しい……が、乗り気になれないな」

「でも、一日部屋にいても解決策は出なかったんでしょう？」

「痛いところを突くじゃないか」

一瞬、クラウスが目を細める。

怒《おこ》らせたか、と心臓の鼓動《こどう》が速くなるが、クラウスの表情はそれ以上変わらなかった。

笑ったのだろうか。

「行きましょうよ！　名所は街で聞き回ってきましたから」

「そうか、なにがあった？」

「ふふん！　たっくさん集めましたよ。たとえば、二千年前の遺跡《いせき》の出土品があるコトコ博物館、移動遊園地！」

「興が乗らない。他《ほか》には？」

「他……？　えぇと、食料品が集まる『かえで横丁』や、お化けの噂《うわさ》がある海岸、ステンドグラスが綺麗《きれい》な教会もあるんだとか」

クラウスが関心を示さなかったので、リリィはまとまりなく候補を挙げる。

「…………」

それらの提案に対し、クラウスはしばらく無言を続けて、

「——極上《ごくじょう》だ」

と満足気に腕を組んだ。

「わかった。だが、もう夕方だ。出かけるのは明日にしよう」

窓の外を見れば、確かに空がオレンジ色に染まっていた。

今日中がよかったが仕方がない。無理を言って、乗り気になったクラウスの機嫌《きげん》を損《そこ》ねても悪手だ。

「はい！　では、明日に！」

リリィはとびっきりの笑顔を向けた。

第一段階クリア。

『かえで横丁』は、名前とは真逆で、カエデが生《お》い茂《しげ》る山奥ではなく、街のど真ん中にあった。海外からの嗜《し》好《こう》品や輸入品が並ぶ。

規模は、ディン共和国でも有数の大きさ。休日は特に多くの商店がひしめいていた。道は屋台も立ち並び、香《かぐわ》しい匂いが漂《ただよ》っている。エビとジャガイモの香草《こうそう》焼き、ベーコンとキノコのバターソテー、クルミのケーキとつい目移りしてしまう。

陽炎パレス三日目の昼、リリィはその光景に圧倒《あっとう》されていた。

笑顔《えがお》の人で溢《あふ》れていた。子供は棒キャンディーを舐《な》めながら両親の手を引き、カップルは店頭に並ぶラジオを見て頬《ほお》を緩《ゆる》ませる。老人は懐中時計屋《かいちゅう》の前で、その細工に惚《ほ》れ惚《ぼ》れするように頷《うなず》いている。

盛況《せいきょう》な市場の前で、リリィが声をあげた。

「うわあああぁ、こんなにたくさんの人、初めて見ました！　邪魔《じゃま》くさい！」

「…………」

「すみません、後半本音が……」

「その誤りは致命《ちめい》的だがな」隣《となり》にいるクラウスがクールに指摘《してき》した。「そういえば、他のメンバーはどうした？　てっきり何名か一緒《いっしょ》だと思ったが」

「誘《さそ》いましたが、自主鍛錬したい、と断られちゃいました」

嘘《うそ》だった。本当はこっそり抜《ぬ》け出した。

二人は通りを歩き出した。

プランは、屋台を冷やかして、貝料理が美味《おい》しいと評判のレストランに向かう予定だ。途中《とちゅう》、美味しそうな缶詰《かんづめ》の屋台があったので購入《こうにゅう》する。エビやカニの海産物も購入したいところだったが、すぐに陽炎パレスに戻《もど》る予定ではないので諦《あきら》め、メモするだけに留《とど》めていく。

次々と屋台を移るリリィに対して、クラウスが声をかけてきた。

「そういえば、お前の出身は僻地《へきち》だったな。都会はあまり来ないか」

「はい、実習で来たときは大変でしたよ。歩きにくくて、いつも転んだり道に迷ったりしていました。今は、すっかり慣れましたが」

「その割には、はしゃいでいるじゃないか」

「迷い慣れたんです」

「どうりで」

クラウスは小さく頷くと、身体《からだ》の向きを変えた。

「目当てのレストランは、こっちだ」

既《すで》に道を間違《まちが》えていたらしい。

顔が赤くなるのを感じつつ、クラウスの後に続いた。

「先生、質問です」リリィは指を立てた。「駅からここまで来た道順を教えてください」

「……ん？　駅から南西に向かい、郵便局の角を左、葬儀《そうぎ》屋の角を右、それから、しばらく道なりに歩いてラジオ屋を左だ」

「教えられるじゃないですか！」

「当たり前だろう？　緊急《きんきゅう》工事があったため迂回《うかい》したが、道くらい覚えている」

「え、工事の標識なんてありましたっけ？　どうやって気づけたんです？」

「なんとなくだ」

「…………」

なんで肝心《かんじん》な部分を教えられないんですかっ！

もはやこの程度で怒鳴《どな》っても仕方ないので、リリィは言葉を呑み込んだ。

「歩行者の数、では……？　行き交《か》う人々の数がいつもと違っていたから、とか」

「あぁ、言われてみれば、そんな方法かもしれないな」

クラウスはあっさり認めた。

隠《かく》していた訳ではないようだ。自覚がなかったらしい。

リリィは唸《うな》る。

どうしてでしょう？　なぜ教えられる内容と教えられない内容があるんです？

と、その時——。

「きゃっ」

と、リリィが足元をつまずかせた。

「ころびっ！」思わず叫《さけ》ぶ。

石畳《いしだたみ》のくぼみに気が付けなかった。

身体が浮《う》く感覚と同時に、抱《かか》えていた四つの缶詰を離《はな》してしまう。

だが、リリィの身体は地面に顎《あご》を打ち付ける前に、静止する。

「――大丈夫か？」

顔を向けると、クラウスがリリィの身体を抱《だ》き留めていた。クラウスの整った顔が間近にあり、その事実に気がついたあとで、自身のふくよかな胸を彼の腕《うで》に押し付けていることにも気づき、

「はひゃあっ！」

とリリィは飛び上がった。

身体が一瞬《いっしゅん》で火照《ほて》ってしまった。

一方、クラウスは無表情を崩《くず》さない。よく見れば、リリィが放《ほう》り投げた缶詰も全《すべ》て片手

に収めている。リリィを抱き留めるだけでなく、缶詰を一個も落とさなかったようだ。

「や、やっぱり、教える能力はともかく、他の能力はあるんですね、先生……」

照れ隠しに称賛《しょうさん》すると、クラウスは「この程度で褒《ほ》められてもな」と首を横に振《ふ》る。心外だと言わんばかりだ。

「言っておくが、僕が指導できない原因は判明したぞ」

「そうなんですか？」

その驚《おどろ》きに答えず、クラウスは手にした缶詰を上空に高く放り投げた。缶詰は回転して、リリィの下《もと》に落ちてくる。

リリィは、その缶詰を両手で受け止めた。

「いきなり、なんです……？」

「お前は、この缶詰をどうやってキャッチした？」

「え、そんなの、手を器《うつわ》のようにして受け止めて――」

「足の動かし方は？」

「………」

訊《き》かれても言葉が出てこなかった。

足？　今、わたし、動かしましたか？

落下地点に足をずらした？　受け取る時、僅《わず》かに屈《かが》んだ？　一瞬重心を左足に動かした気もするが、はっきりと確信は持てない。

訊かれたって言えることなんて――。

「………なんとなく、動かしました」

「それが僕の感覚だ」

クラウスが吐《は》き捨てる。

「『缶詰をキャッチした』ことは語れるだろう。しかし行動全てを説明できないはずだ」

冗談《じょうだん》ですよね、とリリィは呟《つぶや》いた。

けれど、彼の眼差《まなざ》しを見れば真剣《しんけん》だと分かった。

つまり感覚が違いすぎるのだ――クラウスと、自分たちでは。

人が、物の握《にぎ》り方をうまく教えられないように。

ベッドでの起き上がり方を説明できないように。

シャツの脱《ぬ》ぎ方を語れないように。

クラウスは、解錠《かいじょう》の仕方、変装の仕方、戦闘《せんとう》の仕方を教えられないらしい。

いや、それが真実だとしたら、この男は一体どれだけ――。

リリィは唾《つば》を呑み込む。

「だとしたら、指導なんて無理なんじゃ……」

「今必死に頭を働かせている」

その返答は淡々《たんたん》としていたが、僅かに疲弊《ひへい》の色が滲《にじ》んでいた。

部屋に積まれた書籍《しょせき》の山を思い出した。彼が怠《なま》けていたとは思えない。

実直に、真剣に、誠実に悩《なや》み、それでも打開策を見つけられていない。

「…………」

リリィは一瞬目を閉じる。

それから目を見開き、大きなガッツポーズをしてみせる。

「いや！　ここに来る目的を忘れてはいけません！」

「どうした、いきなり？」

「リフレッシュ！　小難しいことは置いておいて、頭を空っぽにしないと」

「お前、かなり気分屋だな」

「ええ、学校では『敵にも味方にもしたくない女』の名を馳《は》せていましたよ！」

「変人扱《あつか》いだったのか、可哀想《かわいそう》に」

「先生に言われたくないですっ！」

どこかズレた会話をかわして、屋台が並ぶ通りを歩く。

すると、店先の風景写真が目に留まった。

「先生！　これを見てください！」

クラウスの袖《そで》を摑《つか》んで、強引《ごういん》に引き留める。

リリィが見つけたのは、あるジュース屋の屋台に貼《は》られた写真だった。自然に囲まれた湖の写真。モノクロ写真ではあるが、その豊かな風景は鮮《あざ》やかに伝わってくる。

「綺麗《きれい》な場所ですね………」

「お、エマイ湖の写真か」店主が快く説明してくれる。「駅から国営バスに乗れば、二時間超《ちょう》で行けるぜ。まぁ、今日は休日だから、かなり混《こ》んでるがな」

「へぇ、人気なんですね！」

「人気なんてもんじゃねぇよ。この街で一番の観光名所さ。首都の成金共が揃《そろ》って、行楽に来る保養所だ。貸しボートもあって、中々見どころがあるぜ」

リリィはお礼の代わりに瓶《びん》ジュースを購入して、クラウスに笑いかける。

「ふふん、また有力な情報ゲットです。後で行ってみましょう」

「……ああ、いいだろう」

クラウスは同意する。嫌《いや》そうな反応は見えなかった。もしかしたら、この外出を楽しんでいるのかもしれない。

第二段階クリア。

レストランでの食事後、二人はエマイ湖のほとりに到着《とうちゃく》していた。

バスで二時間と言われた道のりだったが、クラウスが運転する乗用車だと半分の時間で済んだ。彼の自家用車は、リリイの予想に反して、平凡《へいぼん》で、どこにでもある黒い四輪車だった。それを指摘《してき》すると、クラウスからは「スパイが目立ってどうする」とまっとうな反論をされた。間違った発言はしていないのに、変人に言われると理不尽《りふじん》に感じる。

エマイ湖は、ジュース屋の店主が言ったように観光客で混み合っていた。パラソルを並べて、優雅《ゆうが》にカクテルを飲んでいる人間がひしめいていた。

湖畔《こはん》に立て看板があり、エマイ湖の説明があった。

山に囲まれた自然に富み、面積は一キロ四方の巨大《きょだい》な湖。ボートを借りて、湖の中央に向かえば、静かに大自然を観賞《かんしょう》できる——そんな触《ふ》れ込み。

風が少ないのか、まるで鏡のように太陽の光を反射している。これほど綺麗な湖を手漕《てこ》ぎボートで味わうのは、中々に粋《いき》な体験だ。

「この賑《にぎ》わいでは、貸しボートは一つも余っていないだろう」

「その時は、順番待ちですね」

と待ち時間を覚悟《かくご》したが、いざ発着場まで辿《たど》り着くと、運良く残ったボートを一つ見つけた。二人乗りの小さな手漕ぎボート。

「お、ラッキーですね」

「ところで……この場合、漕ぐのは僕か？」

「まぁ、そこは男性が」

クラウスは「そうだな」と一足先に乗り込む。それからリリィに手を差し伸《の》べてきた。

リリィは緊張《きんちょう》しながらクラウスの手を握り、乗船した。

彼の手は意外に温かかった。

出発すると、舟《ふね》はすぐに湖の中央に着いた。クラウスはオールを漕ぐ技術も一流らしい。

「速いですね」と褒めると「雲のように漕ぐだけだ」と謎《なぞ》の返答。

日が暮れ始めていた。空が赤くなり、山の木々も湖面も岸もすべて夕焼け色に染まっている。この距離《きょり》では、湖畔の人々は橙《だいだい》の豆粒《まめつぶ》にしか見えない。

喧騒《けんそう》は聞こえてこない。周囲には、他《ほか》のボートの影《かげ》さえない。

燃えるようなオレンジの世界にいるのは、リリィとクラウスだけだった。

「写真より、ずっと綺麗ですね」

「そうだな」

そこは『極上《ごくじょう》だ』と言わないらしい。彼なりの基準があるのだろう。

「リリィ」

「えっ、はい！　は、初めてですね、名前を呼ぶなんて」

「今日見たこと、そして、今見ている風景を忘れるな」

彼は黒い双眸《そうぼう》を岸の人々に向けた。

「横丁で顔をほころばせる子供の笑顔《えがお》を忘れるな。この抱きしめたくなるような自然の美しさを忘れるな。夕焼けに照らされる愛《いと》おしい人々を忘れるな」

「人々……」

「十二年前、この国は帝国《ていこく》に侵略《しんりゃく》された。この国は中立宣言をしていたにも拘《かかわ》らず。一方的な侵略に抗《あらが》えずに国民は虐殺《ぎゃくさつ》された。終戦して十年、帝国は再び『影の戦争』でこの国を侵略している」

「え、そうなんですか？」

「さっきの横丁も平和に見えるが、一度、爆破《ばくは》事件が起きかけた。犯人は帝国のスパイ。外務省の要人を狙《ねら》った暗殺だった。それを察知して阻止《そし》したのは、情報収集に長《た》けたスパイだ。警察でも軍人でも官僚《かんりょう》でも政治家でもない」

クラウスは告げる。

「世界は痛みに満ちている。その理不尽をねじ伏《ふ》せられるのは僕たちスパイだけだ」

念を押すように「忘れるな」ともう一度口にした。

それで満足したように、また夕日を眺め続ける。

「…………………」

熱い感情をぶつけられたが、それに逆らうように、リリィの心は冷めていた。

同じ風景を見ているのに、自分と相手は違《ちが》いすぎる。

彼は想像もつかないだろう。

自分が、彼の言葉をどれだけ白けた気持ちで聞いているかなんて。

「……でも、死んだら元も子もないですよ」

リリィが口を開いた。

「国が大事とか、任務をまっとうするとか、立派だとは理解しています。わたしは戦争で命を落とす寸前で、スパイに命を救われました。だからスパイとして頑張《がんば》りたいとは思います。憧《あこが》れもあります。でも、だからこそ――簡単には命を懸《か》けられません」

途中《とちゅう》から、クラウスの目が見られず視線を下げた。

「いつか咲《さ》き誇《ほこ》りたいって意地くらいありますよ」

「落ちこぼれだから思います。辛《つら》い時代に生き残って養成学校で蔑《さげす》まれて、運良くスパイになっても、あっけなく死んじゃったら、何のための人生だったんですか……？」

この身体《からだ》の芯《しん》から冷え切る気持ちを、きっとアナタは理解できないんでしょう。

アナタとわたしは違いすぎるから――。

リリィはため息をついて、胸の前でぎゅっと拳《こぶし》を握る。

「………」

「先生……」

「なんだ？」

「風が寒いです。近寄っていいですか……？」

「風なんて吹《ふ》いてないが？」

「女の子は冷えるんですよ」

リリィは腰《こし》を浮《う》かすと、クラウスの下《もと》に近づいた。

重心が寄って、ボートが傾《かたむ》きだす。

「気づいていますよ。落ちこぼればかり集めた理由……要は『捨て駒《ごま》』でしょう？」

他に理由は思いつかなかった。劣等生《れっとうせい》と指導ができない教官を集める理由なんて。

合理的だと感心する。

死亡率の高い任務に自分たちを特攻《とっこう》させて、情報をかき集めさせる。将来性のない落ちこぼれの命などコストに値《あたい》もしないのだろう。自分たちが命と引き換《か》えに集めた情報で、一流スパイは手柄《てがら》を得ていくに違いない。

リリィは、クラウスの膝《ひざ》に手をついた。

顔と顔を近づけ、距離を詰《つ》める。

「今日一日かけて確信しました。アナタは指導ができない。わたしたちは死ぬしかない。そんなの嫌だ。わたしはいつか絶対笑ってやるんです。才能を開花させてやるんです。どんな手段を使ってでも――こんなところで死ねない」

「リリィ……？」

「ごめんなさい、先生。本気の本気です」

クラウスの瞳《ひとみ》を見る。

「コードネーム『花園』――咲き狂《くる》う時間です」

次の瞬間《しゅんかん》だった。

リリィの胸元《むなもと》から――毒ガスが噴射《ふんしゃ》された。

◇◇◇

十二年前――。ガルガド帝国の侵略時に、ある人道を外れた兵器が用いられた。

致死《ちし》性が高く、爆弾《ばくだん》のような痕跡《こんせき》を残さず、姿なきまま残り続ける――毒ガス。

ガルガド帝国は実験の現場に、ディン共和国の小さな村を選択《せんたく》した。

豊かな村は瞬《また》く間《ま》に地獄《じごく》に変わり、村にいた数百人の命は儚《はかな》く消え去った。

そして、スパイの情報を元に駆けつけた軍人は発見する。

絶命寸前で生き残った特異体質の少女を――。

◇◇◇

噴射された毒ガスに対し、クラウスは反応さえできなかったに違いない。

仮に察知しても逃《に》げられるはずもなかった。超至近距離で、足はリリィが押さえつけた。

彼女の胸元から噴出《ふんしゅつ》されたガスは、クラウスの口と鼻を直撃《ちょくげき》したはずだ。

クラウスは唖然《あぜん》とした顔で、リリィを突《つ》き飛ばす。

だが、遅《おそ》すぎる。既《すで》に作戦は成功した。

「麻痺《まひ》、毒、だと……？」

喋《しゃべ》りにくそうに、声を発する。

クラウスは震《ふる》える指先を見つめて、慌《あわ》てた様子で口元を押さえる。彼の身体が揺《ゆ》らぎ、座る姿勢さえ維持《いじ》できず、横に倒《たお》れ込む。

「バカな……ガス状の毒を散布するなんて自殺行為《こうい》……」

「わたし、この毒、効きません」

「……どういうことだ？」

「特異体質ですよ、わたしのね」

リリィはなんてことのないように笑う。

成人男性が動けなくなる威力《いりょく》の毒ガスの中、彼女だけが悠然《ゆうぜん》とする。

「どうです？　いくら先生でも毒は対処できませんよね？」

既に毒ガスは、湖上に流れる風が霧散《むさん》させただろう。

だが、クラウス一人を仕留めるには十分だった。

彼は横たわったまま、全身を細かく震わせた。

リリィは嬉《うれ》しさのあまり笑い出した。

「あははっ！　案外、楽勝なんですね。一流のスパイを欺《あざむ》くのは」

クラウスが青ざめた顔で震える。

毒を食《く》らい、ほとんど動けないようだった。

この状況《じょうきょう》を作り出すために、リリィはいくつも策略を練った。

気分転換《てんかん》と称《しょう》して誘《さそ》い出し、自然な流れで、貸しボートまで辿り着けた。ギリギリまで『湖』というワードさえ出さず、完璧《かんぺき》に騙《だま》し討《う》ちを成功させた。

いくら一流のスパイとはいえこの状況は打開できない——完璧な勝利だ。

「ふふ、たっぷり脅迫《きょうはく》しちゃいますね？　せんせ？」

「ふざ、けるな……」

クラウスが睨《にら》みつけてくる。

「お前、何が目的だ……？」

「約束をしてほしいんです」

「口約束でいいなら、いくらでもするが？」

「戯言《たわごと》はやめてくださいよぉ。わたしは毒に関しては、自信があるんですよぅ？」

リリィは甘ったるい声を出して、ポケットから更《さら》なる得物《えもの》を取り出す。

紫色《むらさきいろ》の液体が滴《したた》る針。

「特製の秘毒――この針を食らうと成人男性でも一瞬で失神します」

「な……」

「逆らう素振《そぶ》りを見せたら、この針を打ち込みます」

約束は必ず履行《りこう》させますよ、と。

その針を、クラウスの目元に近づける。先日は引ったくりも倒した即効性《そっこう》の毒だ。

危機が眼前にあるのに、クラウスは動かない。いや、動けないのだろう。

リリィは、微笑《ほほえ》んでみせる。

「要求は二つ。『灯』の解散。及《およ》び、メンバーの生活保障」

「…………っ」

「死にたくないんですよ――指導一つできない教官の下で」

この男ならば、自由に使える金やコネクションはあるだろう。

それを使う以外に、自分が生きる方法はない。

クラウスは視線に威圧《いあつ》を込《こ》めてくる。

「冗談《じょうだん》はよせ……これ以上近づくなら、僕も反撃する」

「嘘《うそ》はやめてください。動ける毒ではありません。それに、武器もないでしょう?」

「どうして、それを……?」

「確かめました。転んだわたしを抱《だ》き留めた時に」

くだらない脅《おど》しは通じない。そのための対策は取ってある。

クラウスは目を剝《む》いた。

「横丁での転倒《てんとう》は演技だったのか」

「え、ええ、も、もちろん計算通りですよ……？」

偶然《ぐうぜん》だった。

本当は別の手段でボディタッチを仕掛《しか》ける計画だった。

「と、とにかく！　先生、わたしの命令に従ってもらいますよ」

リリィは堂々と胸を張り、動けないクラウスに針を更に近づけた。

持てるだけの才能と磨《みが》き上げた技術で、一流のスパイを圧倒する。

これで、終わりだ。

「……詰んでいるな」

とうとうターゲットが抵抗《ていこう》をやめた。

大きく息をついて諦念《ていねん》に満ちた瞳を向けてくる。

「麻痺毒はあっという間に回った。動くのは舌先と足先のみ。泳ぐことも難しい。助けを呼ぼうにも、ここは湖のど真ん中。目の前には訓練されたスパイ見習い。偶然借りたボートに都合のいい武器がある期待はない。これこそ、まさに――」

「チェックアウトです」

「――チェックメイトだな」

決め台詞《ぜりふ》を間違《まちが》える。

幸い、それをクラウスは指摘《してき》しなかった。

「だが、一つ分からない」と語り掛ける。

「……ん？　なんですか、この期《ご》に及んで？」

「さっきから、ずっと謎《なぞ》なんだ」

「だから、一体なにが？」

「リリィ、ところで――」

クラウスが深い瞳を向ける。

「――このお遊びには、いつまで付き合えばいい？」

その言葉と共に。

二つの変化が生まれた。

「へ？」

リリィの右足。そこには、大きな足枷《あしかせ》がつけられていた。

次に舟《ふね》の底。見ると、徐々《じょじょ》に浸水《しんすい》していた。

一体なにが、と状況を把握《はあく》する。クラウスが左足を大きく伸《の》ばしていた。僅《わず》かに動ける足を使って、仕掛けを作動させたらしい。

「な、なんですかっ？」

「特注の足枷だ。そして、舟の栓《せん》を抜《ぬ》いた」

「栓……？」

「この舟は、八分後に沈《しず》む。鎖《くさり》で繋《つな》がれたお前の足を引っ張りながら」

ハッと気がつく。

取り付けられた足枷は、鎖で舟に固定されていた。今まで座席の下に隠《かく》されていて、見えなかったらしい。

服に仕込んだピッキングツールを取り出して鍵穴《かぎあな》に差し込む。けれどもビクともしない。

どういう仕組みの鍵なのかも摑《つか》めない。解錠《かいじょう》を諦《あきら》めて、鎖の破壊《はかい》に取り掛かる。けれども、太く鉄製の鎖はビクともしなかった。

「お前では外せないよ」

クラウスが語る。

「鍵はこの舟のどこにもない。お前の技術では、到底《とうてい》開けられない足枷だ。つまり、何をしようが、お前は湖の底に沈むわけだ」

「そんな……」

「僕が鍵を開けない限りな」

「………っ!」

「解毒剤《げどくざい》を出せ。それが条件だ」

そういう狙《ねら》いですか、とリリィは唇《くちびる》を噛《か》む。

だが、まだ勝機を失ったわけではない。

「け、けど! 関係ないですよ! この毒針に刺《さ》されたくなければ、鍵を――」

「刺せばいいだろう」

「え……」

「その毒針を刺せば、僕が失神するんだろう? 誰《だれ》がお前の足枷を開けるんだ?」

「うぐ……」

今度こそ、リリィは押し黙《だま》る。

打つ手をなくした。

どころか、完全に追い詰《つ》められた。

舟の浸水は収まらない。リリィの身体《からだ》と共に沈没《ちんぼつ》していく。

納得《なっとく》がいかない――優位に立っていたのは、自分なのに。

「どうして、ですか……？」

「ん？」

駄々《だだ》をこねる子供のように喚《わめ》いた。

「わたし！　この舟で仕掛けるなんて誰にも言っていません！　一体いつ舟に細工する暇《ひま》があったんですか？　むちゃくちゃです！」

「昨日の晩だ。お前が、この湖で何か企《くわだ》てていることは明白だった」

「そんなに早く……？」

「このエマイ湖は、街近辺で一番の観光名所だ。しかし、昨日、お前は『街で聞き回った名所』を語るとき、なぜかエマイ湖だけは候補に挙げなかった。外出を躊躇《ちゅうちょ》する人間に、もっとも有名なスポットを伝えない理由はなんだ？　不審《ふしん》すぎる」

リリィは、自身の敗因を悟《さと》る。

警戒《けいかい》しすぎたのだ。

彼女は襲撃《しゅうげき》場所を湖と決めていた。悟られないよう、湖の話題を控《ひか》えた。誘う直前で偶然知った素振りをみせる。だが、それが致命的《ちめい》なミスだった。

当然だ。

この男はスパイだ。街の観光名所を知り尽《つ》くしているだろう。

そんな男に、エマイ湖を挙げなければ不自然に思われても仕方がない。

「加えて、エマイ湖の沿岸には多くの観光客がいる。自然な流れで、僕に仕掛けるならば貸しボートだろう」

「でも、このボートに乗るとは限らないでしょう！　これは、たまたま残っていた――」

「そう、たまたま一艘《そう》だけ残っていた。お前は不審に思うべきだった。湖上で見る夕焼けが絶景の湖で、観光客が賑《にぎ》わう中なぜか残り続ける一艘を」

「え……」

「足元をよく見るといい――漕《こ》ぎ手側からな」

どういうことか、とリリィはボートを覗《のぞ》いた。

息を呑《の》んだ。

リリィがずっと座っていた席の下。

『修理中』――そんな警告がペンキで書かれていた。

むしろ、どうして今まで気が付けなかったのか。

「幼稚《ようち》なトリックだ」

クラウスが乾《かわ》いた声で言った。

「この警告文は、漕ぎ手にしか見えない。お前側からは死角となる。だが、それで十分だ。このボートは誰も使用しない。貸しボートは人気だ。岸にはこの一艘だけが残る」

手漕ぎボートは、男女で乗る場合、どちら側に座るのかハッキリしている乗り物だ。

漕ぎ手となる男性が進行方向側に座り、女性が逆側に座る。

そこに男性のみが見える警告があった場合、女性は一切《いっさい》気づけない。

唯一《ゆいいつ》のチャンスは乗船時だが、そのとき、クラウスに手を差し出されて、リリィの注意は逸《そ》れていた。

ゆえに罠《わな》を見抜けなかった。

クラウスはぴしりと言った。

「説明は以上だ。リリィ——お前では僕の敵にさえなれないよ」

実力差を見せつけられ、リリィは悔《くや》しさに唇を噛み締《し》める。

「く、くぅ……わたしの計画がバレていたなんて……」

中々現実を受け入れきれない。

クラウスは、やれやれ、と息をついた。

「更《さら》に言えば、昨日、お前が部屋に入った時点で、僕は襲撃を察したがな」

「えっ、それは一体どういう理由で……？」

いくらなんでも早すぎる！

リリィが目を見開いていると、彼は告げた。

「――なんとなくだ」

「一瞬《いっしゅん》でも期待したわたしがバカでしたっ！」

「いいから、さっさと解毒剤を出せ。そろそろ舟が沈む」

リリィは「く、悔しいですが……」とポケットに手を伸ばす。

違和感《いわかん》にはすぐ気がついた。

「あれ……？」

「ん、どうした？」

「解毒剤……ないです……」

「やめておけ」クラウスは息をついた。「今更そんな駆《か》け引き、時間の無駄《むだ》だ」

見苦しい真似《まね》はするな、と言いたげだ。

「いや、違います……本当にありません……」

「だから、そんな嘘《うそ》に騙《だま》されるわけ……」

「部屋に忘れてきました……」

「…………………………は？」

クラウスが目を見開いた。

毒を噴射《ふんしゃ》された時でさえ、こんなに驚《おどろ》いた素振《そぶ》りは見せなかった。

「……毒使いが解毒剤を忘れたのか？」

「だって、緊張《きんちょう》していましたから……い、色仕掛《いろじか》けは苦手ですもん！」

「色仕掛け？　いつ仕掛けた？」

「そ、それはともかく……あ、あのぉ、先生、解毒剤なしで開けられませんか？」

「無理だ。指先が震《ふる》えている」クラウスは自身の手のひらを見た。「解錠はもちろん、これでは泳ぐのも難しいな」

「あはは、ですよねー」

「…………………………」

「…………………………」

麻痺《まひ》毒で動けないクラウスは、ただ沈黙《ちんもく》していた。

足枷で逃《に》げられないリリィもまた、沈黙するしかなかった。

二人が見つめ合っていると、ドプン、と一際《ひときわ》大きな水の音がした。

舟が本格的に沈み始めた音だった。

「……リリィ、命令だ」

「……はい」

「死ぬ気で漕げ」クラウスが目を細める。「というより――漕がないと死ぬ」

駆け引きどころではなかった。

リリィはオールを握《にぎ》りしめると、

「いやあああああああああぁ！　死にたくなあああぁい！」

絶叫《ぜっきょう》して、全力で漕ぎだした。

一方、命の危機でもクラウスは落ち着いていた。

「安心しろ。さっきは沈むまで八分と言ったが、あれは嘘だ」

「ホントですかぁっ？」

「九分五秒だ」

「安心できません！」

「リリィ、オールは雲のように漕――」

「少しは手伝ってくださいよぉおおお！」

もちろん、クラウスの動きを封《ふう》じたのは自分だが。

過《あやま》ちを悔《く》いながら、リリィはがむしゃらに岸を目指した。

リリィは岸に辿《たど》り着くと同時に、舟《ふね》に倒《たお》れ込んだ。「なんとか生き延びましたあぁ」と大きく息を吐《は》く。

舟の半分は浸水した。沈没する紙一重《かみひとえ》だった。

出発した場所に戻《もど》れず、行き着いたのは観光客の誰一人いない岸。なお輝《かがや》き続ける夕焼けと、それに照らされる湖面、太陽に向かって飛んでいく鳥々と心奪《うば》われる風景を独り占《じ》めできる。それを味わう余裕《よゆう》はなかったが。

脱力《だつりょく》しきって、四肢《しし》を投げ出す。

生きることには生きた。ただ、迫《せま》ってくるのは、惨《みじ》めな現実だ。

「はーぁ、失敗しちゃいました」呆然《ぼうぜん》と夕空を見上げた。「やっぱり落ちこぼれは、落ちこぼれですね。一流のスパイ様には歯が立ちません」

「そう悲観するな。悪くない毒だった」

「どうせ、わざと食《く》らったんでしょう？」

「実力を測るためにな」

毒が抜けたのか、クラウスは既《すで》に立ち上がっていた。鳥と戯《たわむ》れている。彼の腕《うで》に小鳥が二羽止まっていた。動物に好かれるタイプらしい。人には好かれないのに。

そんな余裕があるなら足枷《あしかせ》を外してほしいんですが、と主張したいが、今のリリィは言える立場ではない。

「現状は変化なしですね」

嘆《なげ》くだけだ。

問題は何一つ解決していない。

「わたしは落ちこぼれで、先生は授業ができなくて、不可能任務は死亡率九割で、期限はどんどん迫ってきている。こりゃゲームオーバーですわ」

加えて、リリィは上司に毒を盛る罪まで背負った。罰《ばつ》が与《あた》えられるだろう。脅迫《きょうはく》に失敗した時点で、自分に待っているのは惨劇《さんげき》だ。

「……憧《あこが》れていたんですけどねぇ……国を救うスパイに……」

諦《あきら》められないと足掻《あが》いた結末がこれだ。

何も変えられなかった。

何も得られなかった。

運命は、とっくに決まっていたのだろう。じたばたと藻掻《もが》く自分は滑稽《こっけい》でしかない。

「僕が叶えさせてやる」

しかし、クラウスが穏《おだ》やかな声で告げてきた。

「へ？」リリィは身体を起こした。

「理想を諦めるな。素質はあるじゃないか。闘《たたか》いこそお遊びだったが、身に迫る危機を察し、誰《だれ》よりも真っ先に行動したお前は文句なしで――極上《ごくじょう》だ」

「ほ、褒《ほ》めても何も出ませんよう」

彼は腕に止まった鳥を飛ばすと、リリィの下《もと》に歩み寄ってきた。

それから、足先で足枷を軽く蹴飛《けと》ばすと、どういう原理か、あれだけ開かなかった鍵《かぎ》があっさりと開く。

「リリィ、お前は『灯』のリーダーになれ」

「え？」

「『灯』のボスは僕だが、部下の中心となる人物が必要だ。お前が言う『咲《さ》き誇《ほこ》る』が何を指すかは分からんが、『灯』のリーダーとして不可能任務を成功させるのはどうだ？」

訳がわからなくて、唖然《あぜん》とした。

不可能任務を専門とする前代未聞《みもん》のスパイチーム――そこで重要な役職を与えられた。

天啓《てんけい》に思えた。黄昏《たそがれ》の闇《やみ》に、ふっと新たな光が射《さ》しこむような。

落ちこぼれと蔑《さげす》まれ、こんな自分を変えたい一心で養成学校から去った——そんな自分に示された新たな道筋が見えた。

「そ、それが本当に叶うなら……かなり嬉《うれ》しいです……」

「では、お前がリーダーだ。共に任務を成功させよう」

「お、おぉ、リーダー……カッコいい響《ひび》き……」

ウットリした顔でその単語を繰《く》り返した。

単純なやつだな、とクラウスが呟《つぶや》いた気がしたが、すぐに頭から抜《ぬ》けていった。

「で、でも、どうやって？　結局、先生は指導ができないんじゃ——」

「いいや、その問題は解決した」

「解決？」

首をかしげていると、クラウスは頷《うなず》いた。

「お前のおかげで、いい授業方法が見つかった」

いつのタイミングで？

結局、リリィがその全容を知るのは、その翌日になる。

陽炎パレス四日目。

大広間に、『灯』のメンバーが集められた。少女たちは、また訳の分からない授業を聞くと思い、憂鬱《ゆううつ》な表情を浮《う》かべていた。だが、心の内では、起死回生《きしかいせい》の期待を捨てきれていなかった。一度目の授業は何かの間違《まちが》いで、今度こそ本当の講義が始まるかもしれない——そんな縋《すが》るような希望だ。

全員がソファに腰《こし》かけたところで、クラウスがやってきた。

少女たちの前に堂々とした態度で直立する。

腕組みをして、目を閉じて、黙《だま》り込む。瞑想《めいそう》のように。

十秒、時が流れた。

この変人はなにをしているんだ、と少女たちが思い始めたところで、ようやくクラウスが口を開いた。

「さて、見ての通りだ」

「なにが？」白髪《はくはつ》の少女が凛然《りんぜん》と尋《たず》ねる。

「謝罪だ」

「見えねぇよ」

起死回生はないな、と少女たちが肩《かた》を落とす。

少女たちの落胆《らくたん》に気づかないのか、クラウスは淡々《たんたん》と説明を始めた。

「告白しよう。実を言えば、僕は、スパイチームのボスも教官も初めてだ」

「…………」

「意外だろう？」

この程度でツッコんだら負けだ。

少女全員がスルー。

「僕が未熟ゆえに、お前たちに不必要な心配をさせたようだ。すまなかった。今後は、僕に話せる限りの情報を開示したい。質問があるなら訊《き》くといい」

「じゃあ、一つ」

白髪の少女が手を挙げた。やはり彼女は物怖《ものお》じしない。きつい瞳《ひとみ》でクラウスを睨《にら》みつけている。

「アンタは何者なんだ？」

「それは言えない」

「あたしたちが選ばれた理由は？」

「それも言えないな」

「くたばれ」

「そうだ。スパイが開示できる情報は限られている。僕は開示したいが、語れる秘密は乏《とぼ》しい。しかし、それでも信頼《しんらい》関係を築かなくてはならない。それがスパイチームだ。できるのは意思表示だが、それで納得《なっとく》してくれ」

クラウスは、小さく息を吸う。

少女たちに言葉を投げる。

「お前たちは捨て駒《ごま》ではない。僕が、死なせない」

瞳は、どこまでも真剣《しんけん》だった。

「約束する。もしお前たちが一人でも命を落とした場合、その時は僕も自死するよ」

少女たちは、目を見開き固まった。

クラウスの言葉には、演技ではない強い意志が込《こ》められた。

嘘《うそ》ではない。

誤魔化《ごまか》しではない。

この男は本気で少女たちと共に、不可能任務をこなそうとしている。

「で、でもっすよ？」茶髪の少女が気弱な声で呟く。眉《まゆ》をぐっと八の字に曲げて。「実際問題、自分たちは落ちこぼれなわけで不可能任務なんて――」

クラウスは首をひねった。

「分からないな」

「へ？」

「どうしてお前たちは、自分たちを『落ちこぼれ』と形容する？」

「そ、それは……」

「僕はずっと絶賛しているじゃないか」

絶賛？

少女たち全員が、頭に疑問符《ぎもんふ》を浮かべる。

「伝えておくと、『灯』のメンバーを選出したのは僕だ。養成学校に赴《おもむ》き、僕自らスカウトした。お前たちは無限の可能性を秘《ひ》めている。人間の評価など、所属する集団でいくらでも変わる。養成学校では落ちこぼれだろうが、『灯』では——全員、極上だ」

あぁ、とどこか納得する気持ちだった。

リリィの心が温かな何かで満たされていく。

振《ふ》り返れば、クラウスはずっと言い続けてきた。

最初から——玄関先《げんかんさき》で目を合わせた時から『極上だ』と生徒を褒め続けた。

この男——身内に甘すぎる。

「そして、お前たちを高める方法は既に思いついた」

クラウスは少女たちに背を向けると、チョークを手に取った。

まだ一度も使用していない黒板に、大きく文字を書き込んでいく。

簡潔な一文。


『僕を倒《たお》せ』


他の少女たちが呆然《ぼうぜん》とする中、リリィがいち早く理解した。

人間離《ばな》れした男が見出《みいだ》した教育方法を。

「さて」クラウスはチョークを放《ほう》り投げる。「後は、自習だ」

2章　連携

陽炎《かげろう》パレス九日目の二階廊下《ろうか》にて――。

「ほ、本当にやるんですか……？」

「当然。他に手段はないわ」

リリィの弱音を、黒髪《くろかみ》の少女が優艶《ゆうえん》な声で否定する。

緊張《きんちょう》の場面であっても、彼女の美貌《びぼう》は揺《ゆ》るがない。佇《たたず》まいも美しいが、ほんのりと顔を赤く染め、首筋から汗《あせ》を流し、すっと息を潜《ひそ》める姿は普段《ふだん》にも増して情欲《じょうよく》的だった。

そこでリリィの下に、別の少女から通信が入った。

《こちら屋上担当。問題ないっすよ……ターゲット、いまだ入浴中。湯気でよく見えませんが、動きはないっす……》

リリィは聞き取った内容をそのまま報告する。

黒髪の少女が頷き、廊下で待機する他の仲間に親指を立ててみせる。

「照明担当は大丈夫《だいじょうぶ》ね？　鍵担当もナンバー錠《じょう》の用意はいい？」

最終確認《かくにん》を終えると、機は熟したわ、と自身の髪を払《はら》った。

視線の先には、浴室。

陽炎パレスには大浴場と浴室の二つがあり、普段少女たちは大浴場を用いる。だが、今回彼女たちが向かう場所は、別。この陽炎パレスでたった一人の男が使用する浴室だ。

浴室からはシャワーの音が聞こえてくる。

「〇七〇〇《マルナナマルマル》、全員で突撃《とつげき》しましょう」

黒髪の少女が改めて作戦を読み上げる。

「入浴中の先生を襲撃《しゅうげき》よ！」

新生スパイチーム『灯《ともしび》』。

そのボスと部下の間で、常識外の訓練が行われていた――。

◇◇◇

事の経緯《けいい》は五日前、リリィたちが陽炎パレスに訪《おとず》れて四日目の朝となる。

スパイチーム『灯』の少女たちは、大広間で呆然としていた。

「不可能任務」と呼ばれる超《ちょう》難度任務に向けて、クラウスが少女たちに講義をする――はずだったが、クラウスの壊滅《かいめつ》的な授業センスが明らかになり、頓挫《とんざ》。そのクラウスがもう一度少女たちを呼び出すと、今度は黒板にでかでかと『僕を倒せ』と書き、去っていった。

意味不明どころの騒《さわ》ぎではない。

前日クラウスと会っていたリリィだけが、うっすらとその意図を察した。

いち早く黒板の端《はし》の変化に気が付く。

『陽炎パレス・共同生活のルール』には新たな文章が増えていた。


『㉘ボスに「降参」と言わせた者は、報酬《ほうしゅう》を獲得《かくとく》できる。
㉙前項《ぜんこう》において、時間、手段を問わない。
㉚最低、十二時間に一度の襲撃が望ましい。』

「なにこれ？」

少女の一人が呆《あき》れ声を発した。

他の少女もまた理解できず、各々《おのおの》まばたきを繰《く》り返す。

「これが新しい授業なのでしょう……」

そう静淑《せいしゅく》な声を上げたのは、ボブカットの赤髪が特徴《とくちょう》的な少女だった。

すらりとした長身の持ち主。年齢《ねんれい》は十八。余分な肉を持たない麗《うるわ》しい肢体《したい》と、穏《おだ》やかな声が合わさって儚《はかな》げな印象を与《あた》える。精巧《せいこう》なガラス細工のように、手荒《てあら》く扱《あつか》えば壊《こわ》れてしまいそうな雰囲気《ふんいき》があった。

「実戦に近い形式で訓練を行うということでしょう……交渉《こうしょう》、脅迫《きょうはく》、色仕掛《いろじか》け……ターゲットを自在に操《あやつ》る状況《じょうきょう》を作り上げる……スパイの必須《ひっす》技能です……」

赤髪の少女が、つらつらと解説してくれる。

後に他の仲間は悟《さと》るが、少女の中でもっとも明晰《めいせき》なのは彼女だった。

「でも『時間、手段を問わない』ってのはねぇ」

黒髪の少女が優艶に首をかしげる。

「いくら先生が強くても、七対一なら襲《おそ》えばお終《しま》いよ。寝静《ねしず》まったところを襲撃してもいい。あるいは、食べ物に毒を盛って動けなくしても、なにかしら弱みを握《にぎ》って脅迫しても達成可能。さすがに楽勝すぎるわ」

「それは軽率《けいそつ》です……」赤髪の少女が眉をひそめる。

「どういう意味？」

「あの方は超一流のスパイ……スパイの手法なんて知り尽《つ》くしています……」

黒髪の少女が唇《くちびる》を舐《な》めて、笑みを見せる。

「あら。それは、面白《おもしろ》そうじゃない」

挑発《ちょうはつ》とも取れるクラウスの提案に、少女たちの大半は好戦的な態度をとる。今にも襲いにいきそうな笑みだった。

だが、一部の少女は、まだ状況を呑《の》み込めていなかった。

「ちょっと待てよ、なんで乗り気なんだよ」

白髪《はくはつ》の少女が凛然《りんぜん》と言い放った。

「アイツの凄《すご》さは想像つくけど、教官としてはポンコツだろ？　素直《すなお》に従うのか？　あたしは信用できん。あたしらはまだチームの目的さえ詳《くわ》しく教えてもらってないんだぜ？」

「だったら好都合じゃない？」

「ん？」

「襲撃して、縛《しば》って、拷問《ごうもん》して『降参』と言わせる状況を作れるなら、どんな要求でも呑ませられるわ。好きに尋問《じんもん》できるし、違《ちが》うボスに代えてもらうことも可能よ」

「お、それもそっか」

物騒《ぶっそう》な提案に納得する少女に対し、茶髪の少女が気弱な瞳《ひとみ》を向けた。

「いやいや、さすがに訓練にかこつけて脅迫は人としてどうかと……」

「脅迫ならリリィが実行済みだぞ？」

「リリィさんっ？」

「しかも、訓練とは関係なく」

「ただの犯罪っすよっ？」

リリィは頬《ほお》を掻《か》いた。「少し毒ガスを浴びせただけですよぅ」

マジっすか、と茶髪《ちゃぱつ》の少女が呆れ顔を浮《う》かべた。

とにかく議論の結果、少女全員での襲撃が決まった。

実際のところ、少女たちはクラウスの実力を片鱗《へんりん》しか知らない。果たして、自らのボスとなる資質があるのか、試《ため》したくもある。不可能任務に挑《いど》める実力でないなら、リリィが実行したように脅迫して『灯』を解散させるべきだ。

最後に、黒髪の少女が扇動《せんどう》するような大きな身振りで意見をまとめた。

「方針は一致《いっち》したわね。これは良い機会だと思うわ。きっと先生は私たちを舐めているのよ。ただの落ちこぼれと見くびっているの！　教えてやりましょう！　私たちの実力を！」

黒髪の少女が拳《こぶし》を掲《かか》げる。

「目標は、十秒以内の決着よ！」

彼女たちは意気揚々《ようよう》と「おーう！」と拳を掲げた。

ちなみに最初の襲撃は予告通り、十秒とかからなかった。

クラウスが廊下に出たところを、少女たちは訓練用ナイフで突撃。天井《てんじょう》と左右から勢いよく飛び出し、走りだし、囲い、そして――一人残らず、ワイヤーに足を引っかけた。

びたぁん、と少女全員が一斉《いっせい》に転倒《てんとう》し、床《ゆか》に顔面を打ち付けた。

「……お遊びにもならないな」

クラウスは少女たちの背中を踏《ふ》みしめて、廊下を歩き去る。

以降、彼の新たな教育方法に異議を唱える者はいなくなった。

◇◇◇

リリィが経緯を振《ふ》り返っていると、黒髪の少女の目元がぴくぴくと痙攣《けいれん》した。注意深く見ると、やっぱり彼女の美貌にも疲労《ひろう》が翳《かげ》っている。

「……ふふ、この私をここまでコケにするなんて……認めないわ……」

「相当、恨《うら》んでいますね」

「毎日挑んでるのに、鼻であしらわれていれば、そりゃ腹も立つわよ」

新たな授業方針から五日経《た》っても、少女たちは敗北を繰り返していた。

クラウスに隙《すき》はなかった。

就寝時《しゅうしん》でも、少女が一歩部屋に忍《しの》び込めば起床《きしょう》する。クラウスが通る廊下に罠《わな》を張れば、あっさり解除する。小細工抜《ぬ》きに正面から襲い掛かっても、全員手錠で捕《つか》まえてしまう。弱みを握ろうとストーキングすれば撒《ま》かれる。黒髪の少女が色っぽく「先生……今晩、私のベッドで楽しいことしない？」と誘惑《ゆうわく》すれば、チェス盤《ばん》を持って訪れ、部屋に潜んでいた少女たちを叩《たた》き伏《ふ》せたあと、チェスの多面打ちでさらに負かしてくる始末。

最初、授業の一環《いっかん》で襲っていた少女たちだったが、敗北するたびに、

『お遊びにもならないな』

とクラウスに告げられると、苛立《いらだ》ちが募《つの》り始めていた。

いつの間にか敵愾心《てきがいしん》に近い感情を、少女全員が共有する。

――あの気取った男を、ぎゃふんと言わせてやりたい！

手段を選んではいられず、かくして、少女たちは浴室への突撃を決めた。

「でも、先生が都合よく入浴してくれるなんてラッキーでしたね」

リリィがふと疑問を挙げる。

黒髪の少女が自身の艶《つや》やかな髪を払った。

「実はね、さっき私がコーヒーを運ぶフリして、先生にかけたのよ」

「おぉ、先生によく当てられましたね」

「ふふ、男なんて単純よ。今頃《いまごろ》先生はシャワーを浴びながら、ドジな私にどんなお仕置きをするか卑猥《ひわい》な妄想《もうそう》を膨《ふく》らませているのよ。先生の脳内では、メイド姿の私が『ご主人様あ……ごめんなさい』って謝りながら、胸元《むなもと》をはだけて、媚《こ》びに媚びて……」

「お、おぉ？　よく分かりませんが、大人っぽい計画です」

後半なにを言っているのか分からず、リリィが目をぱちくりとさせる。

「リリィ、簡単に信じんな。多分、コイツの男性観だいぶ拗《こじ》れてる」

隣《となり》で待機する白髪の少女が凜然とツッコミを入れた。

黒髪《くろかみ》の少女が咳払《せきばら》いをする。

「そういうアナタは自分の役目を果たしたの？」

「当たり前だろ。とっくに盗《ぬす》んでる。アイツのポケットからな」

白髪の少女が自慢《じまん》するように鍵《かぎ》を見せてきた。

じゃあ完璧《かんぺき》ね、と黒髪の少女がほくそ笑《え》む。

「楽しみだわ。入浴中、ぱっと照明が落ちて、窓も塞《ふさ》がれて、突然に異性の人間が三人駆《か》け込んでくる。さぞパニックになるでしょう」

色んな意味で心配になる鬼畜《きちく》の所業だった。

「……突撃《とつげき》十秒前」

少女の言葉と共に、突撃組のリリィ含《ふく》めた三人の少女は、目を閉じる。暗闇《くらやみ》に目を慣らして、十秒後。少女たちが目を見開いた瞬間《しゅんかん》、廊下《ろうか》と浴室の照明が落ちる。

――作戦開始。

少女たちは一斉に、浴室に向かって駆け出した。

闇に順応している瞳で問題なく脱衣《だつい》所を抜ける。

白髪の少女が浴室のドアに到達《とうたつ》した。浴室の扉《とびら》には錠《じょう》が取りつけられている。彼女が事前に入手した鍵を穴に差し込んだ。

「あれ？」

そして、手を止める。

「早くしなさいっ」黒髪の少女が喚《わめ》いた。

「鍵が開かん。つかしいな。偽物《にせもの》を摑《つか》まされたか？」

「はぁ？」

「しゃーねぇ。扉ごと壊す」

「雑っ！」

白髪の少女が浴室の扉を蹴《け》り飛ばして、鍵ごとふっ飛ばす。後で直す手間を顧《かえり》みることをやめ、少女たちは浴室に突入する。

浴室の広さは、せいぜい十メートル四方程度。

リリィは、クラウスを見つけた。石鹸《せっけん》を握って直立している。幸い、クラウスの股間《こかん》は暗くてよく見えない。

時間のロスが気になるが、まだクラウスの目は暗闇に慣れていないはず。

このまま押さえ込み、拘束《こうそく》してしまえば——と胸を躍《おど》らせた瞬間だった。

「わんっ！」

クラウスが大声を発した。

普段《ふだん》物静かな男の奇声《きせい》、暗闇に加えて、声が響《ひび》きやすい浴室の環境《かんきょう》。

少女たちは怯《ひる》んでしまった。

その隙を衝《つ》くように、クラウスが石鹸を投てき。

抜群《ばつぐん》のコントロールで飛んできた石鹸は、リリィの足元に滑《すべ》り込む。

「ころびっ！」リリィの身体《からだ》が宙に浮き、「ましたあぁっ！」他《ほか》の少女を巻き添《ぞ》えにして、倒《たお》れ込む。

倒れて気がついたが、床にはシャンプーが撒いてあった。滑りやすくなっている。

突撃した三人全員が浴室の床を滑った。壁《かべ》にぶつかって停止した後、彼女たちは起き上がろうとしたが、闇の中、互《たが》いがどんな体勢でいるのか分からず、仲間の足を引っ張り合い再度転倒する。

「れ、冷静になりなさい！」黒髪の少女が喚いた。「ターゲットは武器どころか、服もない！　まだチャンスはあるわ！」

「──極上《ごくじょう》だ」

クラウスは余《よ》裕《ゆう》たっぷりの動きで窓に近づいた。窓は、屋上担当が蓋《ふた》を被《かぶ》せていた。その蓋をクラウスが掌底《しょうてい》で破《は》壊《かい》する。

窓から太陽光が射《さ》しこみ、浴室の闇は払《はら》われた。

「その不《ふ》屈《くつ》の心は素晴らしい。だが、工《く》夫《ふう》がまったく足りない」

クラウスは日差しをバックにして直立する。

全裸《ぜんら》のままで。

「ターゲットは、野生動物のように扱《あつか》え。草原を駆ける牡鹿《おじか》と接するように出会い、冬ごもりの支《し》度《たく》をするリスを愛《め》でるように観察しろ。まだ不可能任務に挑める水準には達していないな」

「……とりあえず、タオルを巻けよ」白髪の少女が凜然と指摘《してき》する。

「また、見ての通りだ。訓練されたスパイは裸《はだか》を見られた程度では動揺《どうよう》しない」

「タオルを巻け」

「逆に、お前たちも羞恥《しゅうち》せず、僕を見るぐらいの――」

「タオルを巻け」

クラウスは、タオルを腰《こし》に巻いた。

どこかつまらなそうに見えたのは気のせいか。

「――と改善点が山ほどあるが、試み自体は悪くない。また十二時間以内に襲撃《しゅうげき》に来い」

黒髪の少女がふふっと優艶《ゆうえん》な笑みを浮かべた。

「あら、逃《に》げられると思ってるの？　浴室の扉は壊《こわ》れたけど、脱衣所の扉にはナンバー錠がかかっているわ」

「普段通り、お前たちを尋問《じんもん》してもいいのだがな」

クラウスは少女たちの前を通り過ぎて、脱衣所の扉に手をかける。

「幸い、僕にはマスターキーがある」

あっさりと鍵が外れた。

ナンバー錠にマスターキーがあるはずもないのだが――。

少女たちが唖然《あぜん》としていると、クラウスが振り向いた。

「あと、言い忘れていたが」

「ん？」

「訓練で襲《おそ》う分には構わない。が、不純な動機で入浴中を襲うのは最後にしてくれ」

「不純な動機なんてねぇよ！」

冗談《じようだん》か本気かも分からないが、少女たちに屈辱《くつじよく》を刻み込む。

かくして、少女たちは連敗を重ねていった。


「あああああああああああぁ！　どうして勝てないのよおおぉ！」

「先生の、見ちゃいましたぁ。あぁ、うわぁ」

「なぁ。次は、あたしに指揮を執《と》らせろ。絶対にうまくやっから」

「まず情報収集が最善っすよ。冷静に弱点を見極《みきわ》めないと……恐《こわ》いっす」

大広間では、少女たちがめいめいに声をあげていた。テーブルを取り囲んで、襲撃ポイントや時間の改善点をぶつけ合う。なにせ時間がない。十二時間以内に一度の襲撃が推《すい》奨《しよう》されているのだ。

クラウスの新たな授業スタイルは見事に機能していた。

一流のスパイとのバトルを通じて、少女たちの経験が積み重なっていく――。

「けど、分からないわ。さっきのはなに？　脱衣所の鍵は開かないはずでしょう？」

黒髪の少女が優艶に首をかしげると、一人の少女が「ん？」と反応する。

「もしかして、ボクに言ってる？」

蒼銀髪《あおぎんぱつ》を乱雑に縛《しば》り上げた少女が、不遜《ふそん》な笑みを見せる。

摑みどころのない少女だった。中肉中背。年齢《ねんれい》は十六。整った顔立ちだが、目を見張る美人という訳ではない。唯一特徴《ゆいいつとくちょう》的である髪型も、呼称《こしょう》がパッと浮《う》かばない。どこか超《ちょう》然《ぜん》とした雰囲気《ふんいき》を漂《ただよ》わせている。

「他人事《ひとごと》みたいに……鍵担当はアナタでしょう？」

「でも知らないよ。ボクが取り付けたのはナンバー錠。六桁《けた》の数字を合わせない限り、開くはずがない」

「……まずは過《あやま》ちを認めなさいよ」

「あれぇ？　突撃組はもっと盛大《せいだい》に失敗してなかったぁ？」

「……っ」

本人が優秀《ゆうしゅう》なことも相まって、高慢《こうまん》になりがちなのが彼女の悪い癖《くせ》だった。ちなみに、生活二日目で唯一南京錠《ゆいいつナンキンじょう》を制限時間内に開けたのは彼女だ。

争いがヒートアップする前に、リリィが手を叩いた。

「はいはい、今大事なのは、チームワーク。仲間との絆《きずな》ですよぉ。ほらほら、落ち着いて。わたしが買ってきた超高級フィナンシェ、一つあげますから」

「あら……美味《おい》しいわ！」「あっ、うま」

「ふっふっ、もう一個ほしければ『素晴《すば》らしきリーダー』と崇《あが》めてください！」

分かりやすく調子に乗ってるな、と野次が飛ぶ。

少女たちは詳《くわ》しい経緯《けいい》を把握《はあく》していないが、リーダーの決定を受け入れた。

疑問は多々あるが、当の本人であるリリィが、

「うーん、何度言っても耽美《たんび》な響きですねぇ、リーダー。この時代の寵児《ちょうじ》、リリィちゃん伝説の幕開けを期待させますよ、うふふっ」

と喜んでいるので認めた。

我が世が来たと言わんばかりのリリィを脇目《わきめ》に、少女たちは襲撃方法の議論を行う。簡単に答えが出ない難題ではあったが、言葉には熱がこもった。その情熱はクラウス憎《にく》しの感情が大半だったが、理性的な判断もある。

死亡率九割――それが少女たちに突き付けられた数字。

クラウスは生還《せいかん》を約束しているが、その言葉を盲信《もうしん》できる根拠《こんきょ》はない。

「とにかく今は連携《れんけい》を深めるしかないわね」黒髪の少女が意見をまとめる。「男一人倒せ

なくて、不可能任務がこなせるとは思えないもの」

「ふん。ま、それが今現在できることだね」

蒼銀髪の少女が不遜に鼻を鳴らして、同意する。それから、ふと思い立ったように、テーブルから離《はな》れたソファに腰かける少女を見た。

「ねぇ、ずっと黙《だま》っているけど――」

蒼銀髪の少女が彼女の名前を口にした。

「エルナ、キミは意見ないの？」

金髪の少女――エルナは、煩《わずら》わしそうに顔をあげた。

眩《まばゆ》い金髪と透《す》き通る白い肌《はだ》。職人が作りあげた人形のようだ。纏《まと》うフリルの多いドレスも、その一因。外見だけでなく、終始無口なのが、よりその作り物めいた雰囲気を際立《きわだ》たせている。『灯』のメンバーで、もっとも発言数が少ない少女だ。

歳《とし》は、十四歳。最年少。

その少女がしぶしぶといった様子で、口を開く。

「――違《ちが》うの」

第一声がそれだった。

「リリィお姉ちゃんのセリフ。エルナ、ずっと気になるの」

「ん……？」リリィが首をかしげる。

「絆なんて綺麗事《きれいごと》なの。エルナたちはスパイ。簡単に信頼《しんらい》してはいけないの」

突《つ》き放すような言い方だった。

他の少女が一斉《いっせい》にエルナへ視線を投げかける。今の状況《じょうきょう》において、チームの輪を乱す発言に意味があるか分からない。批難《ひなん》と疑問が混じりあった目。

「あ、あの、フィナンシェ食べます？」

リリィが息苦しくなった空気を敏感《びんかん》に感じ取る。

「要《い》らないの」

とぼけたリリィに取り合わず、エルナは立ち上がった。

「……お散歩してくるの」

自分は議論に参加しない、と表明するように。

明確に拒絶《きょぜつ》されて、メンバーは唖然とする者と、不満の表情を浮かべる者に分かれた。

それも意に介《かい》さず、エルナは歩みを止めない。

リリィは声をかける。

「エルナちゃん、仲間を信じてください。それがチームですよ」

彼女はおもむろに振《ふ》り返った。

「信じたら負け。それがスパイなの」

凍《こお》るような冷たい目。

広間は重たい沈黙《ちんもく》で満たされた。

◇◇◇

エルナは陽炎パレスから抜《ぬ》け出して、黄昏時《たそがれどき》の街を歩いていた。

当て所《ど》もない散歩だった。蒸気機関車を橋から見下ろし、煙《けむり》を浴びせられる。駅前に並ぶ商店でクレープを購入《こうにゅう》し、広場で路上演奏している楽団の前で身体を揺《ゆ》らす。六時を知らせる教会の鐘《かね》の音にびくっと肩《かた》を震《ふる》わせ、クレープを落とす。気晴らしにコイン式のオルゴールにコインを投入するがまったく動かず、とんとんと叩《たた》いて諦《あきら》める。

本当に目的のない散歩だった。

時に——世の中には二種類の人間がいる。

『人と別れた後、充足《じゅうそく》するタイプ』と『人と別れた後、反省会を開くタイプ』だ。

エルナは典型的な後者だった。

（言い過ぎたの……）

と、彼女は一人落ち込んでいた。

駅前から離れて、ふらふらと小道を歩いていく。

（エルナは『スパイは全《すべ》てを疑うべき』って正論を伝えたいだけなのに、どうして、あんな言い方になるの……空気が完全に凍り付いたの……）

街灯は大通りに置かれているのみで、そこから一本でも道を外れると辺りは闇《やみ》に包まれる。沈《しず》み切っていない太陽が僅《わず》かに照らすのみ。

その暗がりを、エルナは肩を落として歩き続けた。

（このままだと任務中、エルナが孤立《こりつ》してしまうの……）

周囲からはクールに思われているが、かなり繊細《せんさい》な人格の持ち主だった。その割に、妙《みょう》なところでプライドを発揮して、周囲との溝《みぞ》を深めてしまう。

スパイにとって、チーム内の孤立は死を招く。

頭では理解しているのに――。

（しかも、気まずさに耐《た》えきれず逃げてきたの……）

散歩は建前だった。

対話に怯《おび》えて、逃げ回っていた。

(早く帰って謝らないと……ここは見た目相応に可愛《かわい》く女の子ぶって、リリィお姉ちゃん、ごめんなさいって……でも、無理に近づいても、エルナのアレに巻き込んで……)

方針は分かっているが、コミュニケーション下手のせいで思考が迷走してしまう。

「不幸……」

エルナが寂《さみ》し気に俯《うつむ》く。

と、そこで――。

「なぁ、嬢《じょう》ちゃん。止まりな」

「え」

突然《とつぜん》声をかけられて、足を止める。

顔を向けると、育ちの悪そうな入れ墨《ずみ》だらけの男が二人睨《にら》んでいた。エルナの逃《に》げ場を塞《ふさ》ぐように大股《おおまた》で近寄ってくる。

気づかぬうちに、港まで歩いてしまった。港湾《こうわん》労働者が暮らす一角は、治安が悪いと聞かされていた。酒と生ごみがまじりあった臭《にお》いが立ち込めて、煉瓦《れんが》造りの今にも崩《くず》れそうな家が並んでいる。

情報は頭にあった。港付近では、過酷《かこく》な港湾労働から逃げだした男たちが良からぬ組織を形成している、と。彼らもその一人か。

「その綺麗な服、ブルジョワだな？　なぁ、ちょっと裏通りに来てくれないかなぁ」

「嫌《いや》なの……離れて」

後ずさりするが、その時、後方にも男が現れた。グループの仲間だろう。

うっかりしすぎていた。

まさか気づかぬうちに囲まれるなんて。

「暴れるな。なに、人助けと思えよ。仲良くしようぜぇ」

仲良く？

そのワードに反応し、エルナは思わず口を開く。

「ねぇ、おじさん……どうやって仲良くなる気なの……？」

「ん？　そんなの力を見せつけてしまえばいいんだよ」男は懐《ふところ》からナイフを取り出す。

「ほら、嬢ちゃんもおじさんと仲良くしたいだろう？」

ナイフの先端《せんたん》を、エルナに突き付けてくる。

少女を脅《おど》すには十分すぎる凶器《きょうき》だ。

「不幸……」彼女は、自身の鼻を微《かす》かに動かした。

「ん？」

「裏通り……こっちでいいの？」

従順にエルナが歩み出すと、男は下品な笑《え》みを浮《う》かべた。

「ほら、仲良しになった。おじさんの言う通りだ」

「…………」

乱暴ではあるが、男の言い分は一理あった。

人は力ある存在に惹《ひ》かれるのだ。信頼足りうる仲間として。安心できる相棒として。

――仲良くなるためには、自分の力を見せつければいい。

気づいてしまえば、なんてシンプルな発想だろう。

あぁ、そうだ。分かりやすい方法がある。他《ほか》の仲間が失敗を繰《く》り返している課題を自分が成功させる、といった単純明快な解答が。

「ほら、嬢ちゃんのお父さんの名前はなに？　どこかの社長さん？　議員さん？　もしよかったら、紹介《しょうかい》してくれないかなぁ？」

「…………」

「黙ってんじゃねぇぞ？　ここで服、剝《む》かれたいか？」

エルナの思考を遮《さえぎ》り、男が詰《つ》め寄ってくる。

三人の男が、エルナを取り囲んでいる。

　裏通りの行き止まりまで来てしまった。逃げ場はない。

「不幸……」ぼそりと口にする。「本当に、エルナの人生はいつだってそうなの」

　つい名前を名乗ってしまったが、幸い、男たちの耳には届かなかったようだ。訝《いぶか》し気な目で見てくる。

　エルナは言葉を続ける——その時まで、時間を稼《かせ》ぐために。

　ひくひくと鼻を動かして——。

「いつも巻き込まれるの、毎日見舞《みま》われる。事故に、悲劇に、災害に」

「何をごちゃごちゃ——」

「でも、だんだん分かる。おぼろげに掴《つか》める。その不幸が起きる場所とタイミング」

　時は、訪《おとず》れる。

　その事実を、エルナの嗅覚《きゅうかく》が察知する。

「コードネーム『愚人《ぐじん》』——尽《つ》くし殺す時間なの」

　エルナは頭上を見上げた。

　それにつられて、男たちも空を見上げる。直後、戦慄《せんりつ》する。

　——煉瓦の雨。

　数十個の煉瓦が、空から落ちてきていた。

男たちが息を呑《の》んでいる間に、エルナは既《すで》に動いていた。

彼女たちがいる一角は、古くからの煉瓦造りの建物が多い場所だ。時に、長年の風雨により、外壁から煉瓦が崩れ落ちる――その予兆に気がついていたエルナと違《ちが》い、男たちは足を動かせない。

エルナはいち早く安全圏《けん》に辿《たど》り着くと、振り向き、今まさに煉瓦に呑まれようとする男たちに向かって、

「さようなら、おじさん」

と蔑《さげす》みの視線を送った。

◇◇◇

エルナが陽炎パレスに戻《もど》ったとき、リリィは悲鳴をあげた。

「どうしたんですかっ、その汚《よご》れ！」

数時間ぶりに見るエルナの全身は土で汚れている。スカートの裾《すそ》は破れて、彼女の白い太ももを晒《さら》している。怪我《けが》はないようだが、酷《ひど》い有様だった。

驚愕《きょうがく》するリリィとは対照的に、エルナの反応は素っ気なかった。

「いつものことなの」

「そんな簡単に言われても……」

リリィが次の言葉をかける前に、エルナが呟《つぶや》いた。

「次の襲撃《しゅうげき》、エルナがやるの」

「え……」

「お姉ちゃんたちはサポートに徹《てっ》してほしいの」

それだけ言い残して、エルナは階段の上に消えていった。

リリィは、その寂《さみ》しげな背中を見つめるしかなかった。

「大丈夫《だいじょうぶ》ですかね……？」

独り言として呟いたセリフだった。

しかし、足元から突然、

「大丈夫じゃないですよーっ！」

と大きな声が響《ひび》いた
うぉ、と身をのけぞりながら、ぱっと下を向く。

小柄《こがら》な少女が立っていた。

イタズラに成功したのが嬉《うれ》しいのか、純真な笑みを浮かべている。

灰桃髪《はいももがみ》――と表現したくなるアッシュピンクの髪を持つ少女。エルナと同じく、最年少の十四歳。伸《の》びっぱなしの髪を振《ふ》り回して、小柄な身体《からだ》を大きく揺《ゆ》らして、いつでも無邪《むじゃ》気《き》に笑っている。壁画《へきが》に描《えが》かれる天使のような愛らしさがあった。

「俺様、エルナちゃんと一時期、同じ学校だったんです！　なので噂《うわさ》も知っています！　とっても不運な女の子って」

小刻みにジャンプして灰桃髪の少女が説明する。誰《だれ》かに教えたくて堪《たま》らないように。

「不運？　非科学的ですね」リリィが小声で返した。

「でも、本当みたいですよ？　俺様の知り合いも事故に遭《あ》いましたもん。そのせいで、エルナちゃんは別の学校に飛ばされたんです！」

重たい話をやけに明るく教えてくれる。

それが、エルナが問題児扱《あつか》いされた理由か。

仲間と協力できない人間が落ちこぼれる現実は、身に染《し》みて知っている。

「うーん、なんだか哀《かな》しい話ですね……」

「どこがですか？」

「え、そんな話じゃなかったんですか？」

「もうっ、耳を貸してください！」

灰桃髪の少女が飛びついてきて、リリィの耳に囁《ささや》きかけてきた。

「……エルナちゃんに導かれると、事故に見舞われる。これって殺人ではなく事故死として処理されるんですよ？　究極の暗殺じゃないですか！」

彼女の説明に、リリィは目を見開いた。

非科学的な、と笑い飛ばせない事実だった。

不幸を呼び、不幸を振りかける――もし、そんなことが可能ならば、一切隙《いっさいすき》のない完全犯罪が作り出せる。

武器も用いず、
自身が殺した痕跡《こんせき》もなく、
偶然《ぐうぜん》に見せかけ――ターゲットを仕留める。

リリィの背筋がすっと冷たくなった。

「事故災害のスペシャリスト――それがエルナちゃんです！」

それは心強いを超《こ》えて、不気味な事実だった。

彼女がその力を存分に振るった時、何が引き起こされるのか――。

◇◇◇

その日、クラウスは外出していた。

少女たちの情報収集により、クラウスの生活パターンは明らかになっている。起床《きしょう》後トレーニングルームで汗《あせ》を流して、シャワー。朝食後は夕方まで怪《あや》しげな書類と向き合い、自室でスパイ本部に電報を打つ。夜は外出するか、部屋で絵を描くか。外出時は、細々とした任務を一人でこなしているらしく行き先は様々。食事は基本自炊《じすい》。陽炎パレス内の台所で調理をして、自室で食べる。数日に一度、食材や雑貨を買いに街に出かける。

エルナは外出するクラウスを尾行《びこう》して、街の画材屋で声をかけた。

「せんせい、偶然なの……」

「ん、そうだな」

クラウスの手には、大きな紙袋《かみぶくろ》があった。ぱんぱんに膨《ふく》らんでいる。

「昨晩、リリィが僕の絵の具につまずいて、全部ダメにしてしまったんだ。仕方なく買い直しだ。お前は一人か？」

「エルナは買い出し当番なの。他のメンバーは、次の襲撃に向けて訓練中なの」

「そうか、楽しみにしておこう」

「そうなの……」

「…………」

「…………」

「…………」

「…………」

（引くぐらい会話が続かないの……）

口下手のエルナは元より、クラウスも寡黙《かもく》なタイプだ。そんな二人が並んでも、話が盛り上がるわけがなかった。

計画では、ここでクラウスを街歩きに誘《さそ》わなければならない。

しかし、どうしてもエルナの口から『買い物に付き合って』の一言が出てこない。スパイの基本的な技術は優秀《ゆうしゅう》だが、交渉《こうしょう》だけは致命《ちめい》的に苦手だった。

このままではターゲットが帰宅しかねないの、とエルナが焦《あせ》ったとき、

「一体なにを買うんだ？」

クラウスが口を開いた。

「え」

「お前が買うものだ」

促《うなが》されて、エルナの舌が回る。

「しょ、食材。それから石鹸《せっけん》、目覚まし時計。カーテンが破れていたので布も少し。可愛《かわい》いのが見つかれば、エルナの新しいパジャマ」

「一人で抱《かか》えるのは大変だろう。僕も手伝うよ」

まさかターゲットが助け船を出してくれるとは。

思わぬ展開に感謝する。二人は横丁を歩き出した。

(でも……ごめんなさい。せんせいは、これから不幸に見舞われるの)

親切を利用する形になったが仕方がない。騙《だま》し合いの世界に生きる人間がこの程度の手段を卑劣《ひれつ》とは言わないだろう。

エルナは鼻をすんすんと動かし、その『匂《にお》い』に気がつく。

不幸体質——ある精神科医の診断《しんだん》結果だった。

幼少期から、彼女は不運続きだった。貴族の上流階級に生まれたが、豪邸《ごうてい》が火事に見舞われる。両親を亡《な》くす。汽車に乗れば脱線《だっせん》して、道を歩けば暴漢に襲《おそ》われる。落雷《らくらい》が掠《かす》めたことさえある。

生きているのが最大の幸運。

不幸体験の積み重ねの結果、エルナはその不運を感じ取れるようになった。

匂い――嗅覚《きゅうかく》で。

どういう原理かは不明だが、発生場所とタイミングならば嗅《か》ぎ取れる。

(誰も倒《たお》せないせんせいを圧倒《あっとう》する。ボロボロにする。尊敬されて、褒《ほ》められて、囲まれて、エルナは今度こそ、みんなと仲良くする――そして、夢を果たす)

ターゲットをさりげなく誘導《ゆうどう》して、エルナはほくそ笑《え》む。

(コードネーム『愚人』――尽《つ》くし殺す時間なの)

二人が大通りに辿り着いたときだった。

一台の黒塗《くろぬ》りの車が、二人のもとに猛《もう》スピードで突《つ》っ込んできた。

暴走車。

事前に予期していたエルナは咄嗟《とっさ》に飛びのく。たとえ不運に見舞《みま》われようが、スパイの技術と心構えさえあれば回避《かいひ》できる。

(不幸……)エルナは思う。(何か起きるとは思っていたけど、まさか、暴走した車なんて。やりすぎたかも、なの)

前兆は読めても、実際に引き起こされる事故の詳細《しょうさい》までは読めない。

車は減速せず、歩道に乗り上げる。

クラウスは突然《とつぜん》の悲劇に反応できないのか、その場から動かない。

他《ほか》の通行人の悲鳴が聞こえる。

エルナは目を閉じるのを堪《こら》える。

車とクラウスは激突――クラウスの身体が、空中に舞《ま》った。

なにかが弾《はじ》ける音がした。

暴走車はクラウスを轢《ひ》いたあとスピン。歩道から外れた場所で停止する。歩道にはタイヤ痕《あと》が焦《こ》げつき、衝撃《しょうげき》の凄絶《せいぜつ》さを物語っていた。

クラウスの身体は空高く撥《は》ね飛ばされて、力なく回転しながら落下して、

「ん、危ないな」

と綺麗《きれい》に着地した。

(んんんんんんんんんんんんん?)

エルナはその光景を信じきれなかった
暴走車に撥ねられた男がなぜか平然としている。

流血なし、外傷なし。動転する素振《そぶ》りさえなしで。

クラウスは手をはたいて、近づいてくる。

「怪我《けが》はないか？」

「せ、せんせい、無事なの？」

「どうだろうな。大怪我は負っていないはずだ。文句の一つでも言いたいところだが、警察に任せよう。目立ちすぎた」

「運転手じゃなくて、せんせいのことなの！」

「見ての通りだ」

尋《たず》ねる方こそ疑問だ、と言わんばかりにクラウスは平然と歩き出した。怪我どころか、服装の汚《よご》れさえ見えない。

車と激突する瞬間《しゅんかん》、車のボンネットを蹴《け》って跳躍《ちょうやく》したらしい。一瞬でもタイミングを間《ま》違《ちが》えば、死亡しかねない神業《かみわざ》だった。

エルナは停止した車を観察する。

一体あの車はどうしてスピンしたのか。

激突の瞬間の破裂《はれつ》音はなんだったのか。

「パンクさせた」疑問を感じとったのか、クラウスが説明する。「あのまま走らせては、死者を出しかねない」

「あの一瞬で……？」

「方法を知りたいか？」

「それは結構なの」

「ナイフでタイヤをガッとやればいい」

「期待してないの」

どこか間の抜《ぬ》けた会話を行い、そうだ、とエルナは気を引き締《し》める。

隣《となり》の男は、常人と感覚が違いすぎる怪物《かいぶつ》だ。車に突っ込まれた程度ではダメージ一つ負わせられない。

（け、けれど不幸の匂いはまだある、の……！）

罪悪感を抱えている場合ではない。

もしかしたら、並の不幸ではこの男に傷一つ与《あた》えられないかもしれない――。

不運なことに、エルナの予感は当たった。

誘導する先々で、クラウスは不幸を回避する。

横丁を歩いていると、屋台から、熱湯がなみなみ入った鍋《なべ》が二人に倒れてきた。エルナは回避に徹《てっ》したが、クラウスは避《さ》けなかった。革製《かわ》のコートで鍋の蓋《ふた》をして鍋を受け止める。

鍋から熱湯はほとんど零《こぼ》れていなかった。

住宅街に出ると、獰猛《どうもう》な大型犬もいた。

なにが逆鱗《げきりん》に触《ふ》れたのか分からないが、エルナと目が合うと、その牙《きば》を見せて襲い掛《か》かってきた。狂犬《きょうけん》を繋《つな》いでいた鎖《くさり》は外れていた。人間が決して逃《に》げられない速度で、エルナに飛び掛かってきたが、

「元気な犬だ」

とクラウスが軽く犬の顎《あご》に掌底《しょうてい》を食《く》らわせると大人しくなった。

エルナは逃げる余裕《よゆう》もなく、膝《ひざ》を震《ふる》わせるしかなかった。

裏通りに進むと、先日悪漢どもを撃退した時のように、煉瓦《れんが》が崩《くず》れてきた。

この時クラウスは、

「しまった」

と屈辱《くつじょく》を滲《にじ》ませる声を発したが。

「少し欠けてしまったが」

なんてことはない。

頭上に降り注ぐ十四個の煉瓦を、全部、割らずにキャッチできなかった——それだけの失敗だった。近くで腰《こし》を抜かした女性に気遣《きづか》う余裕さえあった。

(本当に怪物なの……この男………)

と睨《にら》みつけるが、クラウスの表情は常に涼《すず》し気だった。


時間が経《た》つにつれて、気が滅入《めい》ったのはエルナだった。

ターゲットはピンピンしている。それどころか、不幸に巻き込まれた自覚さえ乏《とぼ》しいようだ。すまし顔で買い物に付き合い続けている。購入《こうにゅう》した荷物に動きを制限されているはずだが、エルナの誘導に何一つ背《そむ》かない。

一方、エルナは、改めて自覚する必要があった。

自分の力のおぞましさに。

(やっぱりエルナは、恐《おそ》ろしい子なの……)

普段《ふだん》、連続して不幸の匂いに近づかない。

感じ取れば、逃げるのが普通の判断だ。

（常人なら何回も大怪我を負っておかしくないの……）

不幸と出会うたびに、耳元で囁《ささや》かれている錯覚《さっかく》に陥《おちい》る。

――この悲劇は、お前のせいで引き起こされるんだ。

今回隣にいたのが、規格外の人物だったからまだいい。しかし、自分と同じような少女ならば？　『灯』のメンバーだったら？　それでも、彼女たちは自分と仲良くしてくれるだろうか？　いや、そもそもこの男でさえ、自分の力を知ったら離《はな》れていくのでは？

（誰《だれ》かと仲良くなろう、なんて諦《あきら》めた方がいいかもしれないの……）

『あの子には近づかない方がいいよ』

養成学校で、その噂《うわさ》を流したのは誰だったのだろう？

いずれ『灯』でも同じ噂が流れて――。

「さて、これで買い物は終了《しゅうりょう》か」

エルナが思考の沼《ぬま》に嵌《はま》っていると、クラウスが声をかけてきた。

ハッとする。

事前に伝えた買い物は、全《すべ》てこなしてしまった。クラウスが洗剤《せんざい》を抱えて、商店から出てきたところだった。

まだターゲットには疲労《ひろう》一つ与えていないのに。

「そ、そうなの。でも、まだ行きたい場所が――」

「もう演技はやめにしないか」

クラウスが足を止める。

エルナが顔を向けると、そこには、静かな瞳《ひとみ》で見下ろすクラウスの姿があった。背筋が寒くなる。全身から汗《あせ》が噴《ふ》き出る。

（え……）

威圧感《いあつかん》。

紙袋《かみぶくろ》が指から離れていく。地面に落ちたそれを拾おうとも思えなかった。

「エルナ、実は、お前の能力は養成学校の教官から聞いている。『不幸を引き寄せる少女』とな」

「……っ！」

「ようやく理解したよ。その警告の真実を」

とっくに知られていた。

彼の行動は全て演技だった。エルナの攻撃《こうげき》はお見通しだったのだ。能力を測るために付き合ったらしい。

クラウスがエルナに向かって、手を伸《の》ばす。

次の瞬間、クラウスが『灯』の少女たちを投げ飛ばす光景が脳裏《のうり》をよぎる。

エルナは反射的に目を閉じる。

やられる――。

「誤解されていたんだな、周囲から」

エルナの心配とは真逆。

クラウスはエルナの頭を撫《な》でてきた。

「これこそ不幸だな。お前のような才女が、正当な評価を得られていない」

「は、あぁ？」

状況《じょうきょう》が理解できず、声を上げてしまう。

「よくやった」

目の前では、クラウスが愛《いと》おしそうに頷《うなず》いている。

「お前は――誰よりも幸運だ」

その言葉は、エルナの理解を超《こ》えていた。

彼女は温かな手の下で、ある精神科医の言葉を思い出していた。

◇◇◇

『うん、お嬢《じょう》さん。君の診断《しんだん》結果を伝えるよ』

『不幸体質……便宜上《べんぎじょう》はそう呼ぶけど、そんな非科学的な体質はあり得ない』

『自罰《じばつ》願望と呼ぶべきだろうね』

『貴族の豪邸《ごうてい》の火災……覚えているよ。唯一《ゆいいつ》の生き残ったお嬢様がいると』

『その一件で、君は「自分だけが生きているのはズルい」という妄想《もうそう》に取りつかれたんだ』

『だから、罰を求める。無意識に』

『自殺願望のある人がリストカットを行う例もあるけど、近い症例《しょうれい》なのかな。自傷行為《こうい》を繰《く》り返す人がすぐ自殺しないように、キミも自罰を繰り返すけど、死ぬ罰は与えない。あくまで精神を安定させるための手段だからね。自罰願望であって、自殺願望ではない』

『生き残った自分はより多くの人を救う……そんなキミの夢だって、客観的にみると、かなり自罰的だよね』

『自分を責めちゃダメだよ。それが、また自罰願望を引き起こすんだから』

『でも、キミは――そのサイクルを繰り返すんだろう』

◇◇◇

その説明がエルナの能力の合理的解釈《かいしゃく》だろう。

エルナは自ら不幸に向かう。無意識に不幸を求め、理性がそれを押しとどめている。無意識が、自分を罰する不幸を求め、気づき、エルナを向かわせていく。

自分を責めるな、と言われるが、責めないでいられる方がおかしい。

不幸で傷つくのが自分だけならまだいい。けれど、エルナの不幸は時に周囲を巻き添《ぞ》えにする。そばにいるもの、エルナに優《やさ》しくした人でさえ。

そんな自分が、ずっと醜《みにく》いと感じていた。汚《きたな》いと蔑《さげす》んでいた。

養成学校で、誰一人友達ができなかったのも当然だ。

なのに、目の前の男は、どうしてこんな自分の頭を撫でているのか——。

「お前のおかげで、多くの人間が救われた。暴走した車は他《ほか》の通行人に突《つ》っ込む危険があった。傾《かたむ》いた鍋があのまま盛大《せいだい》に倒れたら、横丁の人々にかかってもおかしくない。狂犬は子供に嚙《か》みつき、煉瓦は女性に降り注いだ」

「へ？」

頓狂《とんきょう》な声を上げる。

言葉の一面は正しかった。

今日体験した不幸は、必ず他人がいる現場で起きた。クラウスが対処しなければ、他に犠牲者《ぎせいしゃ》が出ていた。

エルナが誘導《ゆうどう》し、クラウスが人を助けた。

言われてみれば、そんな側面もなくはないが——。

「た、たまたまなのっ！」

エルナは声を張り上げた。

「的外れなの！　エルナは、せんせいにダメージを負わせるために誘導したの！　疲弊《ひへい》させて、弱ったところを全員で襲撃《しゅうげき》する計画なの。人助けなんて偶然《ぐうぜん》なの！」

つい計画を全てバラしてしまう。

どうしてここまで興奮しているのか、自分でも分からない。

「エルナは！　不幸で、不吉《ふきつ》で、嫌《きら》われ者なの！　幸運だなんて能天気に言われても、腹が立つの！　軽々しく言うんじゃないの。頭を撫でて、子供扱《あつか》いするんじゃないの！　せんせいの横にいるのは、醜くて、自己満足に人を不幸に巻き込む、悪魔《あくま》なの！」

「僕は、不幸に巻き込まれていないが？」

「それは……」

「ん、髪《かみ》に埃《ほこり》がついているぞ」

あくまでマイペースに、クラウスはエルナの頭をもう一度触《ふ》れた。

（どうして、こうも躊躇《ちゅうちょ》なくエルナに触れられるの……？）

その手を慌《あわ》てて、エルナは強く振《ふ》り払《はら》った。

（散々、不幸な目に遭《あ》って、それでもエルナに気を遣《つか》うの！　エルナの力も、悪意も知って、平気でいられるの！　そんなふざけた人間いるわけが――）

「どうした、エルナ？」クラウスが尋《たず》ねてくる。「――泣いているのか？」

「…………のっ」

「ん？」

「の！」

「の？」

「な、泣いていない、の……！」

「そうか」

クラウスは事実を指摘《してき》してこなかった。

その優しさが心地《ここち》よくて仕方がない。

胸が温かくなって仕方がない。

「とにかく、だ。お前の幸運で国民が救われた。ご褒美《ほうび》でもやろう。どこか連れていってほしい場所はあるか？」

クラウスの提案に、エルナは首を横に振る。

「そんなの分かるわけないの」

「お前の願望の話なんだが」

「初めて、なの」エルナは目頭《めがしら》を拭《ふ》く。「誰かとデートなんて、生まれて初めてなの」

「……そうか。なら、僕がエスコートしよう」

デートを否定せず、クラウスはそっと歩き出した。

襲撃なんて、すっかり忘れていた。


クラウスが『これを超えるチーズケーキは、ディン共和国にはない』と断言するケーキは、格別の味だった。地下にある会員制のレストランに、エルナは緊張《きんちょう》していたが、運ばれてきたケーキを口にすると、頭が切り替《か》わった。滑《なめ》らかで舌で消えるような食感。貴族のお嬢様として生きていたときも、こんなに美味《おい》しいスイーツを食べたことがない。あっという間に食べ終えてしまった。

クラウスも一つ食べ終えたあと、追加で一つずつ注文する。

「……僕がまだ若かった頃《ころ》、師匠《ししょう》に連れてきてもらったよ。ご褒美として」

彼が過去を語るのは珍《めずら》しい。ミステリアスな彼にも『師』が存在するらしい。

それがなぜか嬉《うれ》しくて、エルナもまた語る。

「まったく、エルナは大変なの！　初めて陽炎パレスに来た日も、機関車で事故は起きるし、予定のバスは乗り過ごすし、ようやく乗れたバスのタイヤはパンクするし散々なの」

「途端《とたん》によく喋《しゃべ》るようになったな」

「し、指摘されると恥《は》ずかしくなるの」

「いや、気持ちはわかる。僕も親しい人……家族の前では雄弁《ゆうべん》になる」

「仲間なの！」

等と会話を交《か》わしていると、エルナは鼻腔《びこう》に突き刺《さ》さるような刺激《しげき》を感じ取った。

――不幸の匂《にお》いを感じる。

――相当強烈《きょうれつ》な。

目ざとくクラウスが気付いた。「どうした？」

「な、なんでもないの……」

エルナは躊躇《ためら》った。

(教えたら、せんせいは行くかもしれないの……)

彼女はあらゆる不幸をその細部まで予知できる訳ではない。

ただ直感で嗅《か》ぎ取ったものだけ。『自分に降りかかるかもしれない不幸の一部』だけで、その具体的なものは分からない。

その『匂い』は、普段《ふだん》ならば絶対に近づかない刺激臭《しげきしゆう》だった。

(でも……きっと、せんせいなら大丈夫《だいじようぶ》……?)

試《ため》してみたくなった。

目の前の存在が、ずっと自分のそばにいてくれる人間なのか。

傲慢《ごうまん》で幼稚《ようち》な思考だった。自覚はある。

しかしクラウスが信頼《しんらい》していい人間か確かめたい欲求《よつきゆう》に駆《か》られる。

——彼も結局、自分から離《はな》れてしまうかもしれない。

——違《ちが》うならば、そうでないことを証明してほしい。

エルナは思い切って身を乗り出した。

「せんせい、付き合ってほしい場所があるの」

二人が向かったのは、人通りの少ない路地だった。

港の倉庫が並んでいる。とっくに市場も閉まる夕暮れの時間帯とあって、静けさが漂《ただよ》っている。波止場《はとば》に波が打ち付けて、音を立てて引いていく。昼間でさえ青黒く見える港の海は、夜になると更《さら》に不気味さを増していた。倉庫に入りきらなかったコンテナが無数に積み上げられて、大きな城のように影《かげ》を作った。

エルナは両手で鼻を押さえていた。

周囲にはむせ返るような『匂い』が立ち込めている。彼女にしか感じ取れない不幸のにおいだ。鼻腔を刺激してくる。

心臓がばくばくと音を立てる。

必要がない限り、彼女が不幸に自ら飛び込まない。

これから何が引き起こされるか、彼女には想像もつかなかった。

息を止めていると、クラウスがおもむろに歩みを止めた。

「エルナ、分かっていると思うが」彼が口を開いた。「囲まれている」

気づかなかった。

すると倉庫の陰《かげ》から次々と男が現れた。八人の男たちが拳銃《けんじゅう》を構えて、エルナたちを包囲する。人相の悪い面構《つらがま》えで、少なくとも善良な人間には見えない。

「何者だ？」とクラウスが顔をしかめる。

顔に入れ墨《ずみ》がある男が、低い声で脅《おど》す。

「動くなよ。こっちには、人質《ひとじち》がいる」

「人質？」

「知っているぜ。アンタら、区議会議員の令嬢《れいじょう》とボディガードだろう？」

クラウスが小首をかしげた。「令嬢？　人違いだな」

「はっ、そう言うと思ったぜ。だがな、調べはついてんだよ」

取り囲む男たちはへらへらと笑《え》みをみせる。

「議員の娘《むすめ》さんが、まさか区民を見殺しにして逃《に》げないよな？　惚《とぼ》けたって無駄《むだ》だぜ？

てめぇらの情報はすべて摑《つか》んでいる」

人質に取っているのは、どこぞの『区民』らしい。

理解が追いつかない。小声でクラウスに尋ねる。

「どういうことなの？」

「分からん。誤解だろうが……聞き入れてはもらえなそうだな」

確かに男たちは自分の情報を信じ切っているようだが――。

エルナはクラウスに身を寄せた。

「……せんせい、やっつけられるの？」

「…………」

「せんせい？」

クラウスは息を吐《は》いた。

「無理だな」

「え？」

「人質がいるのは真実のようだ。要求に従う他《ほか》ない」

クラウスの声は冷め切っていた。

目の前が真っ暗になる。

想定外。唐突《とうとつ》な不幸すぎる。

自分では対処できないし、クラウスも無抵抗《むていこう》に両手を上げている。

「鎖《くさり》で縛《しば》れ」入れ墨の男が唾《つば》を飛ばした。「全身縛って、鍵《かぎ》かけて、鍵穴を蝋《ろう》で埋《う》めちまえ。象でも逃げられねぇだろ」

クラウスの口から僅《わず》かに息が漏《も》れるのを、エルナは聞き逃《のが》さなかった。

男たちが取り出した鎖は、直径一センチ近い太さだった。引き千切《ちぎ》るのは不可能。その鎖を南京錠《ナンキンじょう》で固定されて、蠟で塗《ぬ》り固められれば解錠もできない。

偶然《ぐうぜん》だろうが、この男たちはクラウスに対して完璧《かんぺき》な対処をしている。

不幸——。

エルナはただ天に嘆《なげ》いた。


荷物を全《すべ》て奪《うば》われて、エルナたちは車に乗せられた。二時間移動して、街はずれの山小屋に辿《たど》り着く。ここがアジトらしい。叫《さけ》んでも、誰《だれ》にも届かないだろう。頼《たの》みのクラウスも静観して、抵抗ひとつ見せなかった。

「ボスが来るまで、ここに待機しろ」

山小屋の倉庫に押し込まれる。外から鍵がかけられた。

二人が腰《こし》かけると、それで窮屈《きゅうくつ》になる狭《せま》い空間だ。じめじめとしている。窓もないため、薄暗《うすぐら》い。

隣《となり》でクラウスがもぞもぞと身を捩《よじ》った。

見張りから「動くと撃《う》ち殺すぞ！」と罵声《ばせい》が飛んでくる。

倉庫には小窓がついている。そこから、一人の男がじっと睨《にら》みつけている。

「解錠も無理か」クラウスが呟《つぶや》いた。「身動きできず、出入りできる窓もなく、小銃を持った見張りもいる。革命家気取りの共産主義者だろうが、手際《てぎわ》がよすぎるな。何者だ？」

一応、解錠を試みたらしい。しかし失敗したようだ。

「他のメンバーはどうした？　予定では、疲弊《ひへい》させた僕を襲《おそ》う算段なんだろう？」

エルナは小さく首を横に振《ふ》る。

「通信機は取り上げられてしまったの。場所を知らせられないの」

「そうか、面倒《めんどう》だな」

「せんせい、ごめんなさい」

口からこぼれ出たのは謝罪だった。

「全部エルナのせいなの……誘導《ゆうどう》したエルナのせい……」

「違うな。悪いのは、あの男どもだ」

「エルナは、いつも人を不幸にしてきた……誰かを巻き込んで、傷つけて……だから、いつかは多くの人を救いたいのに……結局、誰とも協力できなくて」

「……」

「やっぱりエルナはひとりぼっちでいるべきなの……」

自分のせいでエルナはクラウスを巻き込んでしまった。

軽薄《けいはく》な不安から彼を試《ため》してしまった。

エルナは唇《くちびる》を噛《か》み締める。

どんな報《むく》いでも受けるから、クラウスの命だけは許してほしい、と。

「…………」

クラウスは、無言だった。

その表情に乏《とぼ》しい横顔を見ても、考えは読み取れない。

「お前は自虐《じぎゃく》的すぎる。さっさと現状を打破するとしよう」

「……打開策なんてあるの？」

「どうだろう。こいつらの正体がいまいち謎《なぞ》だからな」

クラウスは大きく息を吸った。

「まぁ、マスターキーでも使うさ」

この程度は危機でもない、と軽く呟いて、クラウスは行動を開始した。


しばらく待たされると、倉庫の扉《とびら》が開いた。

山小屋の本館に通される。広間らしき場所には、人相の悪い男が十人並んでいた。中央には、部下をはべらせ深く椅子《いす》に腰かける男がいた。グループのボスだろう。

「やぁ、久しぶりだな。嬢ちゃん？」

その男の顔に、エルナは見覚えがあった。

「昨日の……」

エルナを路地裏に連れ込んだ男だった。身体中《からだ》に包帯を巻きつけている。重傷を負っているようだが、一命をとりとめたらしい。

不幸――。

ただの小悪党と見くびっていたが、まさか、十人も従えるグループのボスだったとは。

「聞いたぜぇ？　議員の娘さんなんだって？　本当は轢《ひ》き殺す気だったが、殺すより誘拐《ゆうかい》がいいと情報を聞いてね。プランを切り替《か》えた」

「あの暴走した車は――」

「小生意気なガキを殺せって俺が指示を出したのさ。安心しな。その後に、耳よりな情報を手に入れて、殺すより攫《さら》うことにした。身代金《みのしろきん》でまた革命資金が潤《うるお》うぜ」

男は傷が痛むのか、顔をしかめて立ち上がる。殺す気はないと言うが、その目には明らかに、エルナに対する復讐《ふくしゅう》の炎《ほのお》が宿っていた。

膝《ひざ》から力が抜《ぬ》けた。

男がエルナに近づき、手を伸《の》ばしたところで、クラウスが告げた。

「その子に触《ふ》れるな」

全身を鎖で縛られても、クラウスの態度は変わらない。泰然自若《たいぜんじじゃく》。臆《おく》さず堂々としている。

「やめておけ。今すぐ解放するなら見逃してやる」

つまらなそうに息をついた。

「警察の情報網《じょうほうもう》にさえかからない弱小団体だろう？　相手にする価値もない」

その態度は、男の激情を煽《あお》るだけだ。

「かっこつけてんじゃねぇぞっ！」

男は怒鳴《どな》り、クラウスの顔を殴《なぐ》りつける。

クラウスは呻《うめ》き声をあげて、床《ゆか》に倒《たお》れ込んだ。エルナの目には、首を回して衝撃《しょうげき》を殺したように見えたが、真偽《しんぎ》は不明だ。

「お前の情報も入手済みなんだよ。凄腕《すごうで》のボディガードなんだって？　けどな、鎖で縛って、鍵穴も塞《ふさ》げばただの人形なんだよ」

男はクラウスを足蹴《あしげ》にする。

「可哀想《かわいそう》に。でも、仕方ねぇよ。お前は、この嬢ちゃんのボディガードとして裕福《ゆうふく》な生活を送っているんだもんなぁ！　ブルジョワの犬としてよぉっ！」

言葉を言い終えると同時に、男はクラウスの顔を蹴り上げる。

苦しそうな呻き声が彼の口から洩《も》れた。

もしかしたら演技ではないのかもしれない。

何度もクラウスを踏《ふ》み続ける。その度《たび》に、クラウスは歯を食いしばる。

「大人しくしてな。喚《わめ》くなら本当に殺すぞ」

男は疲《つか》れてきたのか、肩《かた》で息をする。最後にもう一度クラウスを蹴ると、エルナに身体を向けた。

今度は、自分の番だろうか。

エルナの目元に涙《なみだ》が滲《にじ》む。

だが、男がエルナに近づいた時、また力強い声が部屋に響《ひび》いた。

「――もう一度警告する」

辛《つら》そうにクラウスが立ち上がる。

「お前が、お前如《ごと》きが――その子に触れるな」

男はクラウスに視線を向ける。

「てめぇ、状況《じょうきょう》が分かってんのか？」

声に本気の苛立《いらだ》ちがまじった。

「予定変更《へんこう》だ。交渉《こうしょう》材料になるから殺さない方がいいっつう情報だったが、止《や》めだ」

「……その中途半端《ちゅうとはんぱ》に間違《まちが》った情報をどこで仕入れた？」

「てめぇには関係ねぇよ！」

怒鳴り散らして、男は懐《ふところ》から拳銃《けんじゅう》を取り出した。

周囲の手下たちも「ボスっ！」と声をかけ、行動を諫《いさ》める。

けれど、男は止まらなかった。銃口をクラウスに向ける。

この期《ご》に及《およ》んでもクラウスは表情を崩《くず》さない。「情報源は……少女か？」

「……っ」一瞬《いっしゅん》、男の顔に動揺《どうよう》が浮《う》かび、殺す、と口が動き、引き金に指をかけた。

「せんせいっ！」エルナが叫ぶ。

次の瞬間、部屋に銃声が響く。

クラウスの身体が僅《わず》かに跳《は》ねる。

周囲の男たちが身体をのけぞらせる。

「――極上《ごくじょう》だ」

銃弾《じゅうだん》を、身体中に巻き付けられた鎖で弾《はじ》いて。

クラウスは拘束《こうそく》された状態で起き上がる。

犯罪グループの男たちは、口を開けたまま固まっている。誰もクラウスの技能に気づけなかっただろう。

「僕は今、感動している。これほど胸が躍《おど》るのは何年ぶりだろう」

言葉とは違い、クラウスは無表情で語り始める。

「偶然にしては出来すぎていた。人違いをしているが僕の対策が完璧なんて」

グループのボスは、目の前の現実を消し飛ばしたいのか、続けて、二、三発発砲《はっぽう》する。

クラウスは全ての銃弾を鎖《くさり》で弾く。

やがて拳銃の弾《たま》が尽《つ》きる頃《ころ》、クラウスは再び語りだした。

「当ててやろう。少女の轢殺《れきさつ》に失敗したお前は、そうだな、銀髪《ぎんぱつ》の少女と会った。銀髪の少女は、さも噂話《うわさばなし》をするように僕たちの情報を騙《かた》った。それを信じて、誘拐を企《くわだ》てた。人質《ひとじち》には、たまたま出会った黒髪《くろかみ》の少女を選んだんじゃないか？　僕たちの行く先は白髪《はくはつ》の少女から聞いた。正解だろう？」

「どうして、それを……」

図星らしい。ボスの目が見開かれる。

クラウスは息を吐《は》く。

「なるほど、やってくれたな。たった十日で、僕の予想をはるかに上回る成長だ」

声が小声になった。

エルナのみに聞こえるボリュームで囁《ささや》く。

「やれやれ。ここまでするか？　授業一つ——僕を捕まえるためだけに、犯罪グループを丸ごと手籠めにするか？　なるほど、気づける訳がない。この男たちは本気で人質を取り、本気で僕たちを脅迫《きょうはく》している。素晴《すば》らしい手法だ」

クラウスは言う。

「彼女たちには無限の才能が眠《ねむ》っている。やはり見立てに間違いはなかった」

そこで我慢《がまん》ならなかったのか、ボスが激昂《げきこう》する。

「なに、ぶつぶつ呟《つぶや》いてんだ！　今度こそ殺すぞ！」

拳銃で殺すのを諦《あきら》めたのか、ナイフを取り出してクラウスに向かう。

「教えてほしいだけだ」

その光景を、クラウスは退屈《たいくつ》そうに見て、

「——このお遊びには、いつまで付き合えばいい？」

と言い放つ。

その言葉が合図だった。

山小屋の窓が一斉《いっせい》に割れる。

犯罪グループの男たちが動揺の声をあげる。

窓を蹴破って、飛び込んできたのは『灯』の少女たちだった。

蒼銀髪《あおぎんぱつ》の少女が不遜《ふそん》な笑《え》みを浮かべ、男たちの顎《あご》を瞬時に拳《こぶし》で打ち抜いていく。それに続くように、リリィが毒液の塗《ぬ》られた針を男たちに打ち込み、次々と眠らせていった。

赤髪の少女が戦闘《せんとう》の隙間《すきま》を縫《ぬ》うように駆《か》け、いち早くエルナとクラウスの下《もと》に辿《たど》り着いた。

「ごめんなさい、エルナさん……」

静淑な声。

赤髪の少女が巨大《きよだい》な鋏《はさみ》を取り出し、エルナの鎖のみ断《た》ち切る。

「アナタが想定以上の幸運をもたらし、一回目の事故後、急遽《きゆうきよ》計画を変更しました……」

その言葉に続き、リリィと蒼銀髪の少女が口にする。

「あ、わたしは止めましたよ？　エルナちゃんに寂《さび》しい想《おも》いをさせるなんて！」

「ちゃっかり自分の保身するな」

クラウスは呆《あき》れたように目を伏《ふ》せた。

「早く戦ってこい。二分以内に制圧しろ」

その言葉に発破をかけられ、少女たちが部屋を駆けた。

蒼銀髪の少女が圧倒《あっとう》的な速度で次々と相手を打ちのめしていき、リリィがダウンした男を毒で眠らせていく。外にも少女が待機しているのだろう。発砲音と男の悲鳴が聞こえる。

だが、それもあっという間にやんだ。

エルナはその仲間たちの活躍《かつやく》を、ただ眺《なが》めていた。

「随分《ずいぶん》と強《したた》かなメンバーを揃《そろ》えてしまったな」横でクラウスが肩をすくめた。「エルナ、お前は周囲と協力すべきだ」

「え」

「『灯』も僕と同じだ。お前が巻き込む不幸程度では死なないよ」

指定した二分が過ぎる頃には、犯罪グループは全員眠らされ、縛《しば》られていた。

灰桃髪《はいももがみ》の少女が純真な声で「地下に違法《いほう》薬物がありましたーっ！」と大きな袋《ふくろ》を掲《かか》げる。

これで警察に犯罪グループを引き渡《わた》せば、全員逮捕《たいほ》される。

後の問題は――。

鎖で全身を縛られたクラウスを、少女たちが囲んでいた。

その中心で、リリィが胸を張る。

「さぁ、先生！　今度こそ勝利ですよ！」

「こんな手法を取るとはな。僕は危《あや》うく殺されかけた」

「拳銃くらいでは死なないでしょう？」

これが計画の全貌《ぜんぼう》なのだろう。

おそらくエルナが轢殺《れきさつ》されかけた時、犯罪グループがエルナの命を狙《ねら》っていることに気づいた。少女たちは当初の計画を変更した。彼らにクラウスを拘束させた後、犯罪グループを壊滅《かいめつ》させる計画に。

倫理《りんり》スレスレの奇策《きさく》だが、実を結んだ。

ターゲットのクラウスは太い鎖で繋《つな》がれて、動けないでいる。

「さぁ、先生。あと五分以内に警官がここに来るはずです」

「もう通報済みか。手際《てぎわ》がいいな」

「ぷぷっ、このままじゃ先生も連行ですね。スパイが自国の警察に事情聴取《ちょうしゅ》されるってカッコ悪いです。まぁ降参宣言のあと、わたしの足を舐《な》めて、『リリィ様』と敬い――」

「さて」

パキッと、ビスケットが砕《くだ》けるような音がした。

少女たちが全員「ん？」と声を発する。

クラウスが軽く身体《からだ》を揺《ゆ》すると、鎖が床に落ちた。

あっさりとクラウスが自由の身となる。

リリィが、千切《ちぎ》れた鎖をそっと持ち上げた。太さ一センチの鎖が裂《さ》けている。

「え、この鎖って……猛獣《もうじゅう》を縛るための鎖ですけど……」

「次は恐竜《きょうりゅう》用を準備するといい」

クラウスは骨を鳴らして、少女たちに視線を向ける。

「お前たちでは、僕の敵にさえなれないよ」

その後の展開は見るまでもないので、エルナは瞳《ひとみ》を閉じる。

音だけは耳に入ってくる。

どうやらメンバー全員が投げ飛ばされるまで、二十秒は抵抗《ていこう》できたようだった。

◇◇◇

その夜——陽炎パレスの大広間にて。

「あそこまでやって勝てねぇってどういうことだよっ！」

「俺様も挫《くじ》けちゃいます！　大分ぶっ飛んだ作戦でしたからねー」

「さすが、我らがボス……次は警察を巻き込むくらいでないと……」

『灯』の少女たちは、もはや定番となった反省会に明け暮れた。テーブルを叩《たた》いて、口論を交《か》わしていく。

特に今回は、クラウスでさえ驚《おどろ》く大掛《おおが》かりな計画であり、実際、勝利寸前かと心躍った。クラウスを完全に捕まえるところまで成功した。しかし、その確信が呆気《あっけ》なく崩れた。議論にも熱が入る。

「根本から考え直すべきね」黒髪の少女が優艶《ゆうえん》な声で論ずる。「ターゲットの捕縛《ほばく》は不可能よ。襲撃《しゅうげき》は意味がない。弱みや秘密を握《にぎ》って脅迫するべきよ」

「それは無理って結論が出たでしょ？」蒼銀髪の少女が不遜に鼻で笑った。「キミの色仕掛けも通じなかったじゃん」

「くっ！　アレは間違いよ！　私の色気に屈《くっ》しない男なんて――」

「また夜通しチェスでもする気？」

「常識外なのよ！　『眠れないの……』って部屋に来た少女にチェスを誘《さそ》い、『早く楽しいことしましょ？』って誘ったらチェス盤《ばん》を持ち出して、『甘えていい？』って囁いたらチェスにハンデをくれる、この男は一体何者なのよっ！」

「チェス好きの人でしょ」

「じゃあ策でもあるの？　ターゲットは、ナンバー錠《じょう》も開けて、猛獣用の鎖さえ引き千切れるのよ？　どうやって捕縛す──」

「はいはーい、ケンカはダメです！」

再び議論が白熱したところで、リリィがまた手をぱんぱんと叩く。それから、激論をかわす少女たちの口に、焼き菓子《がし》を押し込む。

「今大事なのはチームワーク。仲間との絆《きずな》。はい、特製フィナンシェです」

「うまっ……」「ほんと美味《おい》しいわ……」

「ふっ、また、リーダーの仕事を果たしちゃいました」

白熱する議論をクールダウンさせて、リリィはきざったらしい息をつく。

その隣《となり》で、赤髪の少女が静淑な声で告げた。

「しかし……現状、あの方に勝利するには捕縛が最善です……」

「それはそうですけど」

「焦《あせ》りますね……男性一人捕まえられなくて、不可能任務を達成できるとは思えませんから……」

現実を見据《みす》えた冷静な発言で、大広間の空気が重たくなってしまう。

誰《だれ》も次の言葉を紡《つむ》げなかった。唯一《ゆいいつ》リリィだけがポジティブなコメントをしたが、彼女の根拠《こんきょ》のない励《はげ》ましでも雰囲気《ふんいき》は変わらない。

そんな中――。

顔を真っ赤にさせて、手をあげるエルナの姿があった。

「あ、あの」

「く、鎖《くさり》を引きちぎったのには理由があるのっ！」

音量調整を明らかに間違《まちが》えた声。

エルナは唇《くちびる》を震《ふる》わせたあと、さらに顔を赤くして言葉を紡いだ。

「…………っ、捕まったとき、せんせいは口に隠《かく》した宝石を吐《は》き出して、見張りを買収したの。そして、銃《じゅう》で鎖に傷をつけてもらったの」

「あ、そういえば浴室でも言ってたわね。冬ごもりの支度《したく》をするリスって……」

クラウスの説明を噛《か》み砕くと次のようになるだろうか。

体内に、武器や宝石を隠しているスパイも多い――。

彼は、宝石と話術で見張りを買収した。さらに相手のボスを挑発《ちょうはつ》し、銃を撃《う》たせ、鎖に傷を追加していた。頑丈《がんじょう》な鎖でも何発も銃弾を撃ち込めば、破壊できる。

もちろんクラウスは去り際、一度渡した宝石を回収することを忘れなかった。

「宝石や富。つまり買収。ありとあらゆる鍵《かぎ》を開けるマスターキーなの」

「マスターキー……」蒼銀髪の少女が呟く。

「おそらくナンバー錠を開けた方法も同じ。エルナたちの誰かを買収して、ナンバーを事前に教えてもらっただけなの」

「こ、この中にスパイがいるんですかぁっ？」

エルナの言葉に、大声をあげたのはリリィだった。たじろぎながら、『灯』のメンバーに疑いの視線を飛ばしていく。

白髪《はくはつ》の少女が凛然《りんぜん》と「全員スパイだろ」と指摘《してき》する。

その後少女たちは押し黙《だま》る。

何よりも検討すべき事項《じこう》があった。

「そういえば」黒髪の少女が言う。「鍵の話で揉《も》めると必ず仲裁する人がいたわね」

「うん！『仲間だけは信じろ』『仲間の絆』とやけに強調する人もいましたねー！」

灰桃髪の少女の純真な声が続く。

蒼銀髪の少女が全《すべ》て納得《なっとく》したように、不遜な笑みを見せた。

「ねぇ、リリィ。ところで質問があるんだけど……」

「へ」

「そのフィナンシェ、どこで手に入れたの？」

リリィが硬直《こうちょく》する。

額から汗《あせ》を流して、掠《かす》れた声で「今大事なのは仲間との絆ですよぅ……」と呟《つぶや》いた。

「「「「「…………………………」」」」」

無論、そんな戯《ざ》れ言《ごと》に耳を貸す少女たちではなかった。

リリィは後ずさりをする。メンバーから距離《きょり》を取るが、壁《かべ》に背がつくと、唇を震えさせた。

「わ、わたし、は、ただ、アレですよ。先生に強く提案をされてですね。わたしには『嘘《うそ》をつく訓練』を、みんなには『身内を疑う訓練』をさせたい、と。いやぁ、感銘《かんめい》を受けました！　協力者が相手に寝返っているという状況《じょうきょう》は、実戦ではありうるわけです！　さすが、先生！　その提案に乗ったわたしも偉《えら》い！　時に嫌《きら》われ役も引き受ける自己犠牲《ぎせい》リーダー！　け、決して滅茶苦茶《めちゃくちゃ》美味しいお菓子《かし》に釣《つ》られた訳じゃありませんよ？」

「…………」

「そうはいっても、教えたのはナンバー錠の番号だけです。浴室襲撃は鍵に関係なく失敗しました！　怒《おこ》られるような裏切りはしていませんね！」

「…………」

「エルナちゃんの言葉を引用します。『信じたら負け。それがスパイ』です！　えへん！」

あ、こいつダメだ。

少女たちはアイコンタクトで気持ちを共有する。

さて裏切者にどんな制裁を加えるか――。

「提案があるんだけど」蒼銀髪の少女が代表して発言する。「リリィには利用価値があるよね？　ターゲットはまだリリィを協力者と信じている。なら隙《すき》をつけるわけだ」

「そ、そうです！　二重スパイ！　まさにスパイの訓練って感じで――」

「今すぐ実行しようか？」

リリィの表情が凍《こお》りつく。

「え、ええと、多分、先生にボコられるのがオチですよ……」

「頑張《がんば》って」

「ほらぁ、もっと有効利用しましょうよ。もう裏切りませんから、ね？」

「早く行こ？」

「…………はい」

リリィが肩《かた》を落として、大広間から去る。

少し時間が経《た》って、天井《てんじょう》から、

「先生！　耳よりの情報を盗《ぬす》んできましたぁ！　この計画書を見てください、ほら、もっと近寄って……はっはぁ！　隙あり！　覚悟《かくご》をしぐほぉっ！　乙女《おとめ》の鼻に絵の具がぁ！」

と聞こえてきた。

裏切者に裁きが下ったらしい。

少女たちは満足げに頷《うなず》く。

「エルナちゃん！」

そこで灰桃髪《はいももがみ》の少女が純真な瞳と共に飛び跳《は》ねて、エルナの下《もと》に駆《か》けよった。それから彼女の手を愉快《ゆかい》そうに握りしめて、顔をぐいっと近づける。

無邪気《むじゃき》な笑顔《えがお》を向けられて、エルナがたじろいだ。

「な、なんなの……？」

「すごいねっ！」

その言葉に、エルナは一瞬呆然《いっしゅんぼうぜん》とする。

視線をあげると、他《ほか》のメンバーもエルナに温かな笑みを向けている。

エルナは涙《なみだ》が流れるのを堪《こら》えて「……当然なの」と虚勢《きょせい》を張った。

◇◇◇

時間をおいて、エルナはクラウスの部屋を訪《おとず》れた。

床《ゆか》には、紐《ひも》で縛《しば》られたリリィが放置されていた。しっかり返り討《う》ちに遭《あ》ったらしい。

「エルナ」キャンバスと向き合うクラウスが口を開いた。「そこのザコをつまみだしてくれないか。僕が触《ふ》れると喧《やかま》しいんだ」

言われるがままに、エルナはリリィを転がした。

リリィが必死の形相で喚《わめ》き始めた。

「先生！　お願いです！　なんでもやります！　先生のフィナンシェが食べられないと頭がおかしくなりそうで――」

「また裏切ってるの！」

「早く追い出せ」クラウスが手で払《はら》う。

同感なので、エルナは部屋の外にリリィを運び出した。

「あのお菓子、中毒成分があるの？」

「あるわけないだろう」

クラウスが皿を差し出してくる。

宝石のようにバターが輝《かがや》くフィナンシェが並んでいた。

「お前も味見するか？　次の『マスターキー』が欲《ほ》しいところだ」

「焼きたてだぞ？」

エルナの鼻先に皿を近づけてくる。かぐわしい砂糖の香《かお》りに、つい、一つ頬張《ほおば》る。ほろっと崩《くず》れて甘味《かんみ》が口いっぱいに広がった。

「エルナ、仲間を裏切るの」

「冗談《じょうだん》だ」クラウスは、他の仲間にも配れ、と皿ごとエルナに渡《わた》す。「あまり引っ掻《か》き回しても訓練にならん」

どことなく機械のような冷たさを感じるクラウスだったが、存外、多趣味《たしゅみ》らしい。チェス、料理、水彩画《すいさいが》と取り組んでいる。万能《ばんのう》の天才ということか。

エルナはクラウスに近づき、彼が取り組んでいる油絵を見た。紅色の絵の具で描《か》き散らした絵は進捗《しんちょく》がないように見える。

キャンバスの右下には『家族』の文字。

「せんせいの絵、完成しないの……？」

「そうだな……せっかく新品の絵の具を買ったのに、筆がのらない」

クラウスの瞳《ひとみ》には哀愁《あいしゅう》が滲《にじ》んでいる。

知り合って月日は浅いが、四六時中襲《おそ》ったり返り討ちに遭ったりするうちに、滲ませる感情の機微《きび》も少しずつ摑《つか》めてきた。

「陽炎パレスの前入居者が、せんせいの家族……？」

クラウスが息を止めた。

彼にしては珍《めずら》しい驚愕《きょうがく》のリアクションだった。

「まさか、ここまで早く到達《とうたつ》するとはな」

「ヒントはたくさんあったの」

「どこまで推理した？」

クラウスは足を組み、視線をぶつけてきた。

エルナは一つ一つ区切るように説明した。

「陽炎パレスの前入居者がいる。せんせいはきっとそのスパイチームの一員。現在不在ということは、既《すで》に解散、あるいは、壊滅《かいめつ》した。おそらく『灯』が挑《いど》む不可能任務は――」

「なるほど、もういい」

エルナの言葉を遮《さえぎ》って、クラウスは頷いた。

「お前の予想は概《おおむ》ね正解だ。だが、まだ話せる段階ではないな」

「ん……？」

「安心しろ。二十日《はつか》後には明かすさ。お前たちならば問題なく到達できるさ」

なぜ二十日後なのか。疑問に思っていると、彼が力強く言った。

「そして挑むとしよう。お待ちかね、不可能任務だ」

3章　情報収集

陽炎《かげろう》パレスに少女の悲鳴が響《ひび》く。

この日の襲撃《しゅうげき》は、ブービートラップを用いたものだった。

少女たちは陽炎パレスを埋《う》め尽《つ》くすほど罠《わな》を仕掛《しか》けた。ターゲットが一つ罠から逃《に》げれば、二つの罠が作動し、それを避《さ》ければ三つの罠が作動する。仕留めるまで終わらない無限のワイヤー地獄《じごく》――だったのだが、クラウスは罠を避けるだけでなく、再利用した。最終的に、クラウスと少女の罠合戦と移行したが、結局、クラウスの圧勝。

少女たちはお互《たが》いが仕掛けた罠を把握《はあく》できるよう、こっそり暗号を残していたが、その暗号を全《すべ》て書き換《か》えられた。

結果、『灯《ともしび》』の少女全員はワイヤーで全身を縛られて、大広間に並べられた。

「あああああぁ、全然ダメだわ！」

惨憺《さんたん》たる有様に、黒髪の少女がヒステリー気味に嘆《なげ》いた。訪れた当初は優艶《ゆうえん》で大人びていた彼女だったが、最近は疲労《ひろう》を色濃《いろこ》く滲ませている。

「うぅ、自分がここまでダメとは思わなかった……一ミリも成長が見られないっ！」

「——そんなことはない」

クラウスは首を横に振《ふ》る。

普段《ふだん》ならば『工夫《くふう》が足りない』と心にダメージを与《あた》えた後『お遊びにもならない』とトドメを刺《さ》すが、この日は違《ちが》った。

クラウスが両腕《りょううで》を組み、感心するように目を閉じている。

「全員強くなった。もうすぐ四週間になるが、初日より格段に成長している。僕が強すぎるから分かりにくいだけだ」

「……本当に？」

「あぁ」クラウスが深く頷いた。「少なくとも、僕が信頼《しんらい》できる程度にはな」

その言葉に、少女たちは顔を見合わせる。

毎日毎日襲撃し、クラウスから『極上《ごくじょう》』の評価をもらっていたが、正直バカにされているとしか思えなかった。本人は絶賛のつもりらしいが、受け取った側は皮肉にしか思えないワードである。

——初めてしっかり褒《ほ》められたかも。

そんな達成感を、視線を合わせて嚙《か》み締《し》める。

「そろそろ話す段階だな」

クラウスは椅子《いす》に腰《こし》かけた。

「『灯』の設立理由、そして不可能任務の詳細《しょうさい》について」

「その情報は興味あるんですが……」リリィが説明を遮る。「まず、わたしたちのワイヤーを解《ほど》いてくれません？」

「僕たちが盗《ぬす》むのは、生物兵器のサンプルだ」

聞いてねぇ。

まさか、両手足拘束《こうそく》された状態で、最も重要な話を聞く羽目になるとは。

シュールな状況《じょうきょう》を受け止め、少女たちは耳を傾《かたむ》ける。

生物兵器を盗む、とクラウスはいったが――。

白髪《はくはつ》の少女が凛然《りんぜん》と口を挟《はさ》んだ。

「あれ？　生物兵器は国際条約で使用禁止されてなかったか？」

「だが開発は禁止されていない――と都合よく解釈《かいしゃく》し、軍のバカ共が勝手に研究を推《お》し進めた。それをガルガド帝国《ていこく》のスパイに奪《うば》われた。科学者の見込《みこ》みでは、兵器の成分を調べ上げるまで一年らしいが楽観してはいられない。一刻も早く、兵器のサンプルを回収、最悪、破壊する必要がある」

ああ、と少女たちは納得《なっとく》する。

軍と情報機関の足並みの不揃《ふぞろ》いは、スパイ界隈《かいわい》では常識だった。軍の幹部は、侵略《しんりゃく》を受けた汚名《おめい》を返上しようと空回りしていると聞く。その結果が、生物兵器の新発明か。どんなに優秀《ゆうしゅう》な情報機関であろうとも、国中の全てを把握できない。

その隙《すき》を、帝国に狙《ねら》われた。

「ち、ちなみに」茶髪の少女が気弱な声をあげる。「盗まれた生物兵器ってどんなものっすか？」

「実験室の写真を見るか？」

クラウスが懐《ふところ》から写真を取り出す。

その写真を見せられ、少女たちは一人残らず悲鳴をあげた。

表現できないほど凄惨《せいさん》な遺体があった。

縛られて逃げられない状況で、この写真を見せられるのは拷問《ごうもん》に近い。

「名は『奈落人形《ならくにんぎょう》』。言ってしまえば、殺人ウイルスだ。潜伏《せんぷく》期間が一週間と長く、その間飛沫感染《ひまつかんせん》し、発症《はっしょう》したら十二時間で死ぬ。悪意の塊《かたまり》みたいな兵器だ。そんなもの帝国の手に渡ってみろ。暗殺のためならば、無関係市民共々巻き込んで殺す連中だ。スパイが破壊工作に用いれば、何十万、何百万と死者が出るな。軍事利用したら世界が終わる」

クラウスは挑発《ちょうはつ》的な言い方をした。

「実感するだろう？　僕たちの双肩《そうけん》にかかる重圧が」

何百万人の死者——。

これもまた控《ひか》えめな数字かもしれない。

帝国は先の大戦で、大量の民間人を虐殺《ぎゃくさつ》した国家だ。手段を選ばない。もし弾《はず》みでこの兵器を使ったとき、ディン共和国もまたこの兵器を用いる。そうなれば互いが互いに殺人ウイルスをバラまき続ける地獄絵図《じごくえず》だ。その被害《ひがい》はもはや想像もつかない。

少女たちは唾《つば》を飲み込む。

現実味を帯びてきた。自分たちが挑む任務の意義が。

「過去に一度、この任務に挑んだチームがある。『焔《ほむら》』という名だ」

「ほむら……」その単語に反応したのは、黒髪《くろかみ》の少女だった。「知っているわ！」

「ほう。まさか情報が漏《も》れていたなんて。案外、『焔』も未熟だな」

「未熟なわけがない！　ディン共和国最強のスパイチームでしょう！」

彼女は普段の優艶な口調より早口で語り始める。

『焔』は自国のスパイチームの頂点。戦前から国を守り続けた立役者。大戦では、帝国軍の情報を盗み出し、戦争の火から数十万人の民間人を避難《ひなん》させた。そもそも戦争が終結したのも『焔』が偽《にせ》情報を渡し、帝国陸軍の幹部に敗北を決意させたからで——。

縁《えん》があるのか、彼女はやけに詳《くわ》しかった。

「私は『焔』に入りたくて、スパイを目指したのよっ！」

最後にそう言い放って、彼女の演説が終わる。

熱弁を振るう彼女に対して、クラウスの反応はいたってクールだった。

「残念ながら」冷ややかに彼は告げた。「『焔』は全滅した」

「え」

「『奈落人形』を取り戻《もど》す任務中に全員亡《な》くなった」

黒髪の少女が唇《くちびる》を震《ふる》わせる。「嘘《うそ》でしょ……？」

「より正確に言えば、一人生き残った。別任務で離れていた僕だけが」

僕は『焔』の一員だったのさ、とクラウスが補足する。

その時初めて、少女たちはクラウスの正体を知る。

——自国最強のスパイチームの一員。

さほど驚《おどろ》きはしなかった。彼の実力なら妥当《だとう》か。

「説明は以上だ。国を懸《か》けた責任を背負い、『焔』が成し遂《と》げられなかった任務をこなす。

それがこの任務の全容だ」

それで説明を終えたように、クラウスは口を閉《と》ざす。

少女たちは声が出せなかった。楽観していたわけではないが、現実をはっきり突《つ》きつけられると、身体《からだ》が凍《こお》る錯覚《さっかく》を覚える。

一流のスパイが失敗した任務を、自分たち落ちこぼれが挑《いど》まなくてはいけない。

恐《こわ》い、と脊髄《せきずい》反射で叫《さけ》びたくなる。

死亡率九割——その現実が重くのしかかる。

しかし、逃げるわけにはいかない。脳裏《のうり》には、無惨《むざん》な変死体が焼き付いている。もし、自分たちが動かなければ、数えきれない国民が犠牲《ぎせい》に——。

「逃げたければ、逃げてもいい」

少女たちの不安がはち切れそうになった時、クラウスが言った。

思わぬ提案に少女たちは目を見開いた。

「関係ないんだ。僕の復讐《ふくしゅう》はもちろん、国民が何百万人死のうと、お前たちが命を懸ける理由にはならない。国の都合で僕の都合だ。もちろん、お前たちの選抜《せんばつ》には『理由』がある。来てほしい。だが来なくてもいい。国のために、残酷《ざんこく》な任務を強制できない」

クラウスが少女たちに目を配った。

「一日休暇《きゅうか》を設ける。お前たち自身で、行くかどうかを決めろ」

彼が腕を振るうと、少女たちを拘束していたワイヤーが弾《はじ》け飛んだ。話は終わりと言わんばかりに背を向けて、自室へ向かう。

少女たちは事態を呑《の》み込むので精一杯《せいいっぱい》だった。情報量が凄《すさ》まじい。不可能任務の内容、クラウスの正体、自国のトップチームの終焉《しゅうえん》、一つ一つ頭で整理しなくてはならず、瞬《まばた》きを繰《く》り返して、その場から動けなかった。

そんな中、いち早く声をあげる少女がいた。

「わたしは行きますよ」

リリィだった。

クラウスが足を止めて、振り返った。

「意外だな。まさかお前が一番とは」

「まぁ、悩《なや》んでも多分変わらないかなって」照れ臭《くさ》そうに首の裏を撫《な》でた。「他《ほか》の皆《みんな》はどうします？」

少女たちは互いに顔を見合わせると口元をにやりと歪《ゆが》めた。反対の意見は出なかった。誰《だれ》一人『待ってくれ』と発言しない。

「七人全員、実行でいいんだな？」

改めて、クラウスは言葉を投げかける。

少女たちは頷《うなず》いて、クラウスに強い視線を返した。

「極上だ――全員で生きて帰ろう」

クラウスは小さく頷いた。

◇◇◇

クラウスは自室のキャンバスの前に腰かけていた。

「…………………………………………」

日課である。

仕事と自主トレ、少女をあしらう以外の時間を全《すべ》て油彩《ゆさい》画に充《あ》てているが、進捗《しんちょく》はゼロだ。描《えが》こうと筆を握《にぎ》っても、どう筆を動かせばいいのか、分からない。気づけば筆先が乾《かわ》き切る。

スランプに陥《おちい》ったキッカケは明白だった。

『焔』の壊滅《かいめつ》のニュースを聞かされた日――何か大事なものを喪失《そうしつ》した。

油絵はちっとも進まない。

芸術には、理論で描くタイプと感覚で描くタイプがいるが、言うまでもなくクラウスは後者だ。一度つまずくと、そこから脱却《だっきゃく》する術《すべ》は掴《つか》めない。それどころか他のありとあらゆる事柄《ことがら》の歯車も狂《くる》わせる。

珍《めずら》しく焦《あせ》りを抱《いだ》いていた。

彼には、それだけこの任務に懸ける想《おも》いがあった。

(僕の家族を奪った任務……)

彼は孤児《こじ》だった。物心つく頃《ころ》には、貧困《ひんこん》街と呼ばれる街で生活をしていた。孤児グループからも避《さ》けられ、孤独《こどく》に消えゆくはずの命だった。

そんな生活の中でギードと出会い、『焔』に誘《さそ》われた。

『クラウス——それが、お前の新しい名前だ。オレがスパイに育ててやる』

目を閉じれば、彼がかけてくれた言葉が脳裏に響《ひび》く。

『温かいベッドも、食餌《しょくじ》も、風呂《ふろ》もある。なにより仲間がいる』

『仲間全員でお前にありとあらゆる技術を叩《たた》きこんでやる。少し厳しくな』

『どいつも変人だが、愉快《ゆかい》な奴《やつ》ばかりだ。いつか、家族のように思える日が来るぜ?』

ギードの言葉通りだった。

クラウスにとって、陽炎パレスで過ごしたメンバーこそが家族だった。

(なんとしてでも、僕はこの任務を——)

分厚い本を一ページ一ページ捲《めく》るように過去を振《ふ》り返って、感傷に耽《ふけ》る。

しばらく思い出に浸《ひた》っていると、部屋をノックする音が聞こえてきた。

返事をする前にリリィが顔を出した。

「へい、先生、先生、作戦の方針って定まりましたかー？」

「それよりも」

クラウスはキャンバスから離れた。

「本当によかったのか？　お前は初めて会ったとき、死にたくないと連呼していただろう。もう少し迷うと思ったんだがな」

「え、まさかの逆質問」

リリィはたじろぐ素振りを見せつつ、椅子《いす》に座り込む。

最近の少女たちは、クラウスの前で自由気ままな態度を取る。四六時中クラウスにナイフを握って飛び掛《か》かっているので、遠慮《えんりょ》がなくなったのだろう。

「うーん、なんというか、上手《うま》く言えないですけど」

リリィが頰《ほお》を搔《か》いた。

「……先生、驚かないでくださいね」

「なんだ？」

「実は、わたしってかなり自己中心的な性格なんですよ」

「驚く要素はどこだ？」

「だから、わたし、養成学校の時も『活躍《かつやく》したい！』『ちやほやされたい！』って自分中心に、ふんわり思っていただけで具体的な目標がなくて、ここに来ても、リーダーという肩書《かたがき》をもらって舞《ま》い上がっていただけなんですけど……」

リリィは天井《てんじょう》を仰《あお》ぎながら呟《つぶや》いた。

「最近、この仲間のためなら、もっと素敵《すてき》なリーダーになりたいなぁって」

「ほぉ……」

意外だった。

クラウスは必要がない限り、少女たちの内面に踏《ふ》み込まない。彼の知らないところで、心の動きがあったらしい。

感嘆《かんたん》していると、リリィはぶるっと身体を震わせた。

「うーん、三十秒も真面目《まじめ》に話していたら、身体が痒《かゆ》くなってきました」

「人としてどうなんだ、それは」

「とにかく任務に挑むって話ですよ。今更《いまさら》そんな確認《かくにん》しないでください。野暮です」

誤魔化《ごまか》すようにリリィがはにかんだ。

少しだけ頬が赤く染まっている。本当に恥《は》ずかしがっているようだ。

「……それもそうだな。今は作戦のことを考えればいいか」

初めての教え子は、順調に成長しているらしい。

クラウスは両手の人差し指を立てると、言葉に合わせて順番に折り曲げた。

「研究所の東からお前たちは潜入《せんにゅう》しろ。僕は西から潜入する」

「ふふーん、了解《りょうかい》です」

具体的な言及《げんきゅう》を避けて、大雑把《おおざっぱ》な方針のみを伝える。

「決行日までに情報を集める。期待しているぞ、リ、ー、ダ、ー」

リリィはその言葉を聞きたかったらしい。

天才リリィちゃんのお披露目《ひろめ》ですね、と楽しそうに呟き、部屋を飛び出していった。

◇◇◇

一週間後、『灯』のメンバーは陽炎パレスを発《た》った。

入国は、二つのグループに分かれた。クラウスと数名の少女は芸術家として就労ビザを取得し、リリィ含《ふく》む他の少女たちは金持ちの娘《むすめ》が演劇を見に来た設定で観光ビザを取得する。パスポートは当然、偽造《ぎぞう》したものだ。

入国審査《しんさ》場では、厳しく追及《ついきゅう》された。滞在《たいざい》理由と宿泊先を詳細《しょうさい》に尋《たず》ねられる。相手は二人。入国管理局の職員が質問をぶつけ、後方では軍人が目を光らせている。工作員対策だろう。手荷物も全て確認された。事前に用意していた嘘《うそ》を頭に叩き込まなければ、即座《そくざ》に逮捕《たいほ》されていたに違《ちが》いない。

しかし、半日かけて国境を越《こ》えると、後は拍子抜《ひょうしぬ》けするくらい楽だった。尾行《びこう》の気配はないし、汽車の切符《きっぷ》は簡単に購入《こうにゅう》できる。駅の売店では店員がフレンドリーに声をかけてくれる。

少女たちはクラウスの講義を思い出していた。

彼は入国後の行動について、

『さらっと歩けば心配はない』

と大雑把な解説を授《さず》けていた。

また、少女たちにツッコまれると頭を悩ませて説明した。

『実際、一度入国してしまえば簡単に紛《まぎ》れられるんだ。警戒《けいかい》すべきは、要人と接触《せっしょく》を始めてからだ。道中まで気を張りすぎる必要はない』

『なんで、そんなに……？』

『スパイの世界に浸っているお前たちには分かりにくいが、世間では、戦争は既《すで》に終わったものだ。敵国を憎悪《ぞうお》する国民は多いが、敵国と今もなお戦争中とは思っていない。スパイ同士のせめぎ合いなど知る由《よし》もない』

『なんだか、寂《さび》しい気持ちもしますね』

『いいや、それでいいんだ。それが「影《かげ》の戦争」だ』

国境を越えたあと、メンバーは汽車に乗った。

リリィの隣《となり》には、家族連れが座っていた。葬式《そうしき》があったのか、皆、黒い服を纏《まと》っている。兄弟らしき子供は目を輝《かがや》かせて、窓に顔を押し付けている。

彼らにとって、世界は平和なのだ。

自国のスパイがいかなる手を使っているのか、知らないまま生きている。政治家を買収し、ギャングに金を流し、研究者を脅迫《きょうはく》し、その過程で、人を殺しては事故に見せかけている真実を。

隣にいるのは敵国のスパイだとも。

不思議な世界だな、とリリィは思う。

自分たちが生きているスパイという存在は――。

静かに考えていると、隣の席の男の子がぱっと窓から離《はな》れて、リリィたちの下《もと》に駆《か》け寄ってきた。

「ねー、お姉ちゃんたちはどこに行くのぉ？」

「ん？　お友達と演劇を見に行くんですよ。帝都《ていと》で話題のミュージカルを」

「すっげぇ！　どこに泊《と》まるのっ？」

「ふふ、おませさんですね。女の子の宿泊先《しゅくはく》は、尋ねちゃダメですよ？」

男の子の会話をいなして、リリィは考える。

いつの日か、本当に友人と旅行に行ければな、と。

この目の前の子のように『影の戦争』なんて忘れて、楽しく笑って。

目的の駅に着くと、道に迷ったフリをしてベンチに座る。

他《ほか》の少女と地図を広げていると、背中合わせのベンチに一人の男性が腰《こし》を下ろした。

「ここから別行動だ」

視線を合わせず、背後の男性が口にする。

「計画通りに動け。言い残すことは？」

「今度会うとき話せばいいです」

「そうだな」

男性は去っていった。

リリィたちもまた決めていた宿に歩き出す。

それは、不可能任務の開始を意味していた。

◇◇◇

エンディ研究所は、ガルガド帝国の首都近郊《きんこう》に建てられていた。

ガルガドの首都は、さすが世界一の都市か、高層建築物で埋《う》め尽《つ》くされていた。ディン共和国最大のビルは、国会議事堂を兼《か》ねる八階建ての建物。それを超《こ》える建物が無数に並ぶ。帝国特有の様式なのか、どれも尖塔《せんとう》。空を衝《つ》くような巨大《きょだい》な黒い塔が並ぶさまは、不気味でもあり、圧巻だった。

中世の時代から首都として栄えていた。海と山に囲まれているため、侵略《しんりゃく》者から守りやすい土地という。尖塔は限りある土地を有効活用したゆえの文化だろう。

千年以上、暴力によって栄華《えいが》を極《きわ》めている街。

エンディ研究所は、その針山のような街を見下ろす位置に建てられている。

崖《がけ》の上。

よく言えば、目立つ。

悪く言えば、潜入ルートは限られている。

それが『灯』が忍《しの》び込む建物だった。

『生物兵器のサンプルは、エンディ研究所のどこかにある。取り付けてある発信機はそこで途切《とぎ》れ、移動した形跡《けいせき》はない』

作戦会議は、事前に行われている。

『そこに忍び込み、盗《ぬす》むことが僕たちの目的だ』

『……セキュリティは緩《ゆる》くないわよね？』

『表向きは、ただの製薬会社の研究支所の一つ。実際は、最新兵器を研究する機関だ。セキュリティは甘くない。軍人が警備隊を組織して、常駐《じょうちゅう》しているはずだ。事前にどれだけ情報を集められるかが肝《きも》となる』

『隙《すき》はあるんすか……？』

『当然だ。人間が管理する以上、付け入る隙はある。どんな人間でも食事し、排泄《はいせつ》し、洗《せん》濯《たく》し、家に帰り、時には人を抱《だ》く。機械とは違う』

クラウスは、少女たちに告げる。

『お前たちは、三つの班に分かれて行動してもらう』

『情報班――他の班と連携《れんけい》を取り、情報をかき集めろ』

クラウスの指示を思い出し、黒髪《くろかみ》の少女は優艶《ゆうえん》に微笑《ほほえ》んだ。

夜のオープンカフェで待機する。

クラウスとのバトルで怠《おこた》りがちだった肌《はだ》のケアを済ませ、華《はな》やぐ美貌《びぼう》を取り戻《もど》して任務に臨《のぞ》んでいる。

メンバーでもっとも大人びて、スタイルのいい彼女は自身が男性にどう見られるか理解していた。服装は華美《かび》ではなく清楚《せいそ》に徹《てっ》する。男をより惹《ひ》きつけるのは露出《ろしゅつ》の多い服ではなく、肌をしっかり覆い、かつ、身体《からだ》のラインが際立《きわだ》つ服。腰がぐっと締《し》まるワンピースがいい。

喫茶店《きっさてん》のテラス席でアイスコーヒーを味わっていた。彼女が身体を反らせると、隣の男性客が横目で自身の胸を覗《のぞ》きみた。眼鏡をかけた青年はその後もちらちらと視線を動かせる。

黒髪の少女は自身の魅力《みりょく》を再確認して、ほくそ笑む。クラウスのせいで失いかけていた自信を取り戻す。

（本当はすぐにでもコーヒーをかけて、接触を図《はか》りたいけれど……）

頭にあったのは、クラウスとの闘《たたか》い。

詫《わ》びるフリして話しかける——そんな強引《ごういん》な手法では、相手に警戒される。

同じ轍《てつ》は踏《ふ》まない。

だから、彼女はじっくりと注意深く待った。焦《あせ》ってはいけない。少しでも動作を乱せば、クラウスなら容赦《ようしゃ》なく見抜いてくる。ターゲットをあの男だと思え。

二十分近く、彼女はじっとタイミングを待ち続ける。

（最善手は……飲み物をかける、のではなく、かけさせる）

男性客が立ち上がった瞬間《しゅんかん》、タイミングを見て、グラスをテーブルの隅《すみ》に移動させる。

男のカバンがぶつかった。グラスが床《ゆか》に落ちて、派手な音を立てて砕《くだ》けた。少女の服にコーヒーがかかる。

「あぁ、すみません！　弁償《べんしょう》します！」

男は思った以上に慌《あわ》てて、割れたグラスを集める。

黒髪の少女は、その男性の手を摑《つか》んだ。

「危ない。ガラスを握《にぎ》ってはダメよ？」

手を握った男性は、顔を真っ赤にさせている。あまり女性経験はないらしい。

彼女の敵ではなかった。

「あ、すみません。きゅ、急に手を握って」初心《うぶ》なフリをして、黒髪の少女は謝罪する。

「でも……綺麗《きれい》な手ね。職人さん？」

「い、いや、ただの研究職ですが……」

「凄《すご》い！　インテリなのね」

男はしどろもどろに言葉を述べて頭を掻《か》いた。グラスを割った罪悪感や綺麗な少女に腕《うで》を握られた高揚感《こうようかん》で、頭が回っていないようだ。

畳《たた》みかけるように黒髪の少女は彼の手を握った。

「ふふっ、お兄さん。この洋服高いのよ？　汚《よご》したお詫びをしてくれない？」

「え、えぇと、それは……」

「私、デートをすっぽかされたところなの。ねぇ、お兄さん、ちょっとご飯くらい付き合ってよ」

少女が笑いかけると、男はおどおどしたまま頷《うなず》いた。

『特殊班《とくしゅ》──その技能を用いて、他の班のサポートをしろ』

金髪《きんぱつ》の少女──エルナは首都近郊の道路で、鼻歌を歌っていた。

雨が上がったばかりの夜だ。空には月が浮《う》かんでいたが、道路は闇《やみ》に等しい。一メートル手前さえも見えず、エルナは途中《とちゆう》何度も転びそうになった。寒くなってきたので何度も息で手を温める。周囲には田畑が広がっており、民家らしき建物さえない。

通りの向こうからヘッドライトを点《つ》けた車が、闇を切り裂《さ》くようにやってくる。

鼻をすんすんと動かして、周囲に危険がないことを確かめると、エルナはそっと車の前に飛び出した。

運転手の悲鳴とつんざくクラクションが響《ひび》き、エルナはそっと地面に倒《たお》れ込む。

「だ、大丈夫《だいじょうぶ》っ？」急停止した車から女性が飛び出してきた。

エルナは自身の服に汚れが少ないことに気が付くと、こっそりスカートに泥《どろ》を塗《ぬ》りつける。その後で泣き真似《まね》を始めた。

「こ、恐《こわ》かったの……遠くまで散歩したら夜になって、ちょうど車が来て……」

女性は慌てふためいて、エルナを家まで送り届けると申し出てくれた。エルナを後部座席に乗せて、車を走らせる。泥だらけの少女に罪悪感を抱《かか》えたようだ。申し訳なさはあるが、気にしている場合ではない。

「そこを右なの！」とエルナが誘導《ゆうどう》すると、女性は慌ててハンドルを右に切った。

車は道脇《みちわき》のぬかるみに嵌《はま》った。

右前輪が傾《かたむ》いて停車する。

道路が整備されていない郊外《こうがい》、特に、雨上がりに走らせるとよくあることだ。

女性は何度もアクセルを踏んで頭を搔いた。「わたしが車を押すから、ハンドル握ってくれる？」と提案する。

女性が降りると、エルナは運転席に乗り込み、何食わぬ顔でシートを漁《あさ》った。隙間《すきま》に隠《かく》された封筒《ふうとう》を摑み取ると同時に、車がぬかるみから脱出《だっしゅつ》する。

住宅街の一角に送り届けてもらって「お姉ちゃん、ありがとうなの！」と手をぶんぶんと振《ふ》って女性を見送る。

車が見えなくなると、住宅の陰《かげ》から別の少女が現れた。

茶髪の少女。元々の困り眉《まゆ》を一層不安そうに曲げて、エルナを観察していた。気弱な瞳《ひとみ》でエルナが手にした封筒を見ると、おぉ、と歓声《かんせい》を上げる。

エルナは奪《うば》った封筒を差し出した。少女に似つかわしい笑顔《えがお》が嘘《うそ》のように消えて、冷静なスパイの顔に切り替《か》わる。

「……これを至急、情報班に届けてほしいの」

「ちなみに、どういう資料っすか？」

「さっきのお姉ちゃんは、ディン共和国の協力者なの。何年にもわたって、貴重な情報を流してくれたの。でも――」

封筒を開ける。

そこには帝国《ていこく》の陸軍省からの指令が入っていた。

「帝国に寝返《ねがえ》ってるの。情報を鵜呑《うの》みにしたら、大変なことになるの」

「あちゃー。やっぱり味方でも疑ってよかったっすね」

「……ファインプレーなの。スパイは臆病《おくびょう》くらいでちょうどいいの」

「まぁ、お菓子《かし》一つで裏切る仲間もいたっすから……」

茶髪の少女は照れながら、指笛を鳴らした。

「配達の準備は終わってるっす。十キロ先なら十分もかからないっすよ」

エルナが不思議がっていると、二人の下《もと》に一羽の鷹《たか》が降りてきた。その鷹がエルナの顔にばしっとぶつかったので、彼女は小さく「不幸……」と後方に倒れる。

鷹は封筒をくわえると、目測時速八十キロの速度で、空のかなたに消えていった。

『実行班――情報班が集めたデータを元にキーマンと接触《せっしょく》していけ』

白髪《はくはつ》の少女は凛然《りんぜん》とした足取りで、大通りを進んでいた。気づかれないよう顔を伏《ふ》せながらも、鋭《するど》く威圧《いあつ》的な視線を周囲に飛ばしていく。

正午を迎《むか》えており、ランチを摂《と》ろうとする労働者で賑《にぎ》わっている。人混《ひとご》みをかき分けるように進み、目的の人物とすれ違《ちが》うタイミングを待っていた。

「わたしもランチがほしいですねぇ」と隣《となり》の銀髪の少女——リリィが空腹を訴《うった》える。

白髪の少女が「後にしろよ……」と呆《あき》れていると、向こうから大柄《おおがら》な男がやってきた。

現在のターゲット。

リリィに合図を示した方がいいか悩《なや》んでいると、リリィの腹からぐーっと間抜《まぬ》けな音が聞こえてきた。本気で空腹らしい。彼女は危なっかしい足取りで道を進んでいくと——

「ひゃんっ」

ターゲットの大男に頭から突《つ》っ込んだ。

「なんだてめぇっ！」当然、大男が激怒《げきど》する。

体重差に勝てず、リリィはぶつかった拍子《ひょうし》に転がった。頭を手で押さえて「す、すみませんっ！」と声を上げる。

周囲の人々が心配そうに二人のやり取りを見つめ始める。大男はその視線に耐《た》えきれなくなったのか、舌打ちをして通りを去った。

リリィは大きなため息をついた。

「いやぁ、恐かったですねぇ」

「もっと目立たない方法にしとけ」白髪の少女はリリィの額を弾《はじ》いた。

「あてっ……して、成果は？」

「ばっちり」

白髪の少女はにやりと笑って、肩《かた》にかけているカバンを開けてみせた。そこには大男から盗《ぬす》んだ財布《さいふ》が入っている。大男の注意がリリィに向いている間に、抜き取った。

「一応尋《たず》ねますが本物ですよね？」

「当然。あたしが偽物《にせもの》に騙《だま》されると思うか？」

「先生に十四回、騙されていました」

「もう騙されねぇよ……リリィがぶつかった瞬間、あの大男が咄嗟《とっさ》に押さえたのは、尻《しり》ポケットの財布じゃなく胸元《むなもと》だった。尻の方はダミーで、こっちが本物だ」

二人は大通りから外れて、裏通りに進み始める。

「さっさとホテルで分解しようぜ。あのデカブツは麻薬《まやく》の売人だ。財布にあんのは、麻薬の購入者《こうにゅう》リスト。情報班の読みでは、研究所の職員も載《の》っている」

「まとめて通報したら、さぞ痛快でしょうね」

「利用するだけ利用し終えたらな」

白髪の少女の言葉に、リリィもまた、ふふーん、とご機嫌《きげん》にハミングする。

「ちょっと不安でしたが、わたしたちは成長してますねぇ」

「そりゃそうだろ。一か月とはいえ、かなり濃密《のうみつ》に訓練してき――」

彼女たちが互《たが》いに視線を合わせて、にやにやしていると、

「そこの二人っ！　止まりなさいっ！」

鋭い声が背後から聞こえてきた。

背後を振り返って、うげ、と軽く呻《うめ》いた。スパイの天敵――警察だった。

二人の男性警官が少女たちの逃《に》げ道を塞《ふさ》いだ。

「カバンを全《すべ》て見せなさい。決して動かないように」

「あー、あたしら、善良な観光客なんですけど」

「すまないが、ここらはスリが多い場所でね。協力してもらえるかな」

白髪の少女の凜然とした誤魔化《ごまか》しも通じない。

なんでスリ多発地区を選んだんですか、とリリィが小声で批難する。

お前が昼飯を食べられる場所を希望したからだろ、と白髪の少女は睨《にら》み返す。

最悪、警官を薙《な》ぎ倒す選択肢《せんたくし》もあるが、面倒事《めんどうごと》は最後の手段だ。

白髪の少女は、無抵抗《むていこう》にカバンを差し出した。

警察はカバンをひったくり、躊躇《ちゅうちょ》なくナイフを突き立てた。これでは二重底も通じない。

他人の身分証入りの財布はあえなく発見されるだろう。

さて、どんな嘘で切り抜けるか――。

「――よし、問題ないな」

懸念《けねん》は外れて、あっさりと警官は諦《あきら》めた。服からもカバンからも財布はついに発見できなかった。

警官が去ったあとでリリィは首をかしげる。

「えっ、どこに財布を隠したんですか?」

「知らん」

「へ?」

「盗んだはずの財布が消えた」

白髪の少女はどこか悔《くや》しそうだった。

「あたしが盗んだ財布を盗んだ――こんな芸当できる奴《やつ》は一人しか知らねぇ」

少女は思い出す。

作戦会議の場で、クラウスが少女たちに班分けを言い渡《わた》して、最後に述べた言葉を。

『僕は――バックアップに徹《てつ》しよう』

その時、二人の横を一人の男性が通り過ぎた。

綺麗《きれい》な背広を纏《まと》った男は、高齢《こうれい》の紳士《しんし》にしか見えない。完璧《かんぺき》な変装だ。彼は僅《わず》かに服の襟《えり》を広げた。少女たちだけに財布を見せて、何食わぬ顔で裏通りから消えた。


全てが万全《ばんぜん》とは言えない。

それでも『灯』の少女たちは十分な活躍《かつやく》を見せていた。


ちなみに。

作戦の細部は、次のように決められた。

『具体的に言えば、情報班は可憐《かれん》に咲《さ》き誇《ほこ》るバラのように、実行班はダダダっと駆《か》け回り、特殊《とくしゅ》班は小鳥を慈《いつく》しむように――』

『…………』

少女たちが冷めた目をしていると、クラウスが言葉をやめた。

『――冗談《じょうだん》だ』

何一つ笑えなかった。

少女たちは心の底から安堵《あんど》する。本気だったらどうしようと。

『詳細《しょうさい》はお前たちが決めろ』

クラウスは柔《やわ》らかな眼差《まなざ》しを向けた。

『方向性は僕が決めるし、チェックも行う。だが具体的な立案は任せる』

『え……いいんですか？』

『やれるだろう？　一か月間繰《く》り返したはずだ』

煽《あお》るような発言――だが、心躍《おど》る提案でもあった。

少女たちは一回視線を見合わせると、黒髪《くろかみ》の少女が優艶《ゆうえん》な笑みを浮《う》かべた。

『くつろいでいて。ウットリするくらい完璧なプランを練りあげるから』

『――極上《ごくじょう》だ』

その言葉が合図だった。少女たちはテーブルに地図を広げ始める。

どうすれば敵を欺《あざむ》けるか。誰《だれ》がターゲットに接触するか。

少女の一人が意見を出せば、二人が反論して、三人が修正案を出して、四人がケンカする。意見に対して、特に多くぶつけられた反駁《はんばく》は「それは先生に通用しなかった」。彼女たちが最初に挙げる提案は、一度クラウス相手に失敗している。だから工夫を加えて改善を図《はか》っていく。

合言葉は——先生相手でも欺ける計画を!

一か月間の成果が試《ため》されていた。

◇◇◇

夜、クラウスがホテルで新聞を読んでいると、ノックの音が響《ひび》いた。

「ご注文されたワインをお届けに上がりました……」

戸を開ける。そこにいたのは、ボトルを抱《かか》える少年だった。

クラウスは部屋に招き入れると、レコードの音楽をかける。仮に盗聴《とうちょう》されても、会話の内容を聞かれないための措置《そち》だった。

少年はふぅっと息を吐《は》くと、顔の皮を剝《は》ぐように顔全体を覆《おお》ったマスクを脱《ぬ》いだ。穏《おだ》やかな瞳《ひとみ》と儚《はかな》げな顔立ち——赤髪の少女が顔を出す。情報班の一人だった。

「変装は見事だが」クラウスはワインを受け取った。「別にマスクを取る必要はないだろう?」

「ボスの前で男装は哀《かな》しくて……」

「……お前がしたいなら構わないが」

この少女は、妙《みょう》に自分を慕《した》っている気がする。

深く追及《ついきゅう》せず、ただ、僕をボスと呼ぶな、と命令する。

ワインのラベルを剝がすと、内側に記された暗号が見えた。少女たちが搔《か》き集めてくれた情報。書かれている内容を一目見ただけで彼女たちの奮闘《ふんとう》が察せられる。

赤髪の少女が静淑《せいしゅく》な態度で頭を下げた。

「『奈落人形』が研究所から移動されていない確認《かくにん》は取れました……ですが、潜入《せんにゅう》は難しいようです……僻地《へきち》に建っておりますし、その周辺は常に厳戒《げんかい》態勢が敷かれています。最深部までの鍵《かぎ》は限られた人物しか持っておらず、変装して忍《しの》び込んでも潜入できません……堂々と突入《とつにゅう》する以外手段がなく、もっと時間をかけなければ――」

「いや、時間をかければ帝国《ていこく》は生物兵器を分析《ぶんせき》し終える。そんな猶予《ゆうよ》はない」

「ですが……」

「僕だってサボっていた訳ではないさ」

クラウスは客室内に置かれたベッドを持ち上げた。

ベッドの底には、大量の資料や身分証が縫《ぬ》い付けられていた。一面を全て覆い尽《つ》くすほどに。研究所に関《かか》わる人間の犯罪歴、家族関係、施設《しせつ》建設時の竣工《しゅんこう》図、繋《つな》がりのある政治家、陸軍省の人事記録に、大蔵省からの予算管理の資料まで。

「これを一人で……？」

赤髪の少女はまばたきをした。資料を手早く読み込むと、深くため息をついてどこか眩《まぶ》しいものを見るようにクラウスを眺《なが》めた。

「さすがですね……熟練の働き、心強いです……」

「熟練……か。そうだな、僕は世界最強のスパイだから、これくらいは当然だが——」

クラウスは言葉を区切った。一度天井《てんじょう》を仰《あお》いで、目を閉じる。

「——もう少し、時間をくれないか？」

赤髪の少女が再びまばたきをした。


クラウスは夜の街に出た。

不用意な外出だったが、足が動いていた。動機を尋ねられれば、なんとなくと答えるしかない。自身の行動を説明するのは得意ではない。

心配風に吹《ふ》かれている。おそらく、それが正しい説明だろうが。

（………僕は完璧じゃない。アイツらに見せている程《ほど》な）

今の自分があるのは、『焔』で叩《たた》き込まれた修行の成果だ。

『焔』入団当初は、今の少女たち以上に何も持たない少年だった。国を代表するスパイたちから直接技術を叩き込まれて、ようやく今の自分が出来上がった。過酷《かこく》な訓練の日々で失敗を繰り返し続けた。

特にギードからの指導では、何度泥《どろ》を飲んだだろう。

『戦闘は全然だな。俺に勝てる要素がねぇ』

どれだけ挑《いど》んでも師匠《ししょう》であるギードには届かなかった。

殴《なぐ》り掛《か》かっては投げ飛ばされて、全力の拳《こぶし》でさえあっさりカウンターで返される。

『〇・一秒遅《おそ》い――何度やっても同じだ』

『あのな、たまには俺以外の奴から指導を受けろよ。交渉《こうしょう》とか変装とか。戦闘なんてスパイの中心技術じゃねぇんだから』

『戦闘以外は感覚で習得した？　アホか。理論を学べ』

『いつかお前は教える側になる。その時、教え子を死なすことになんぞ』

『興味がない？……はぁ。分かった。お前の気が済むまで、殴ってやるよ』

結局、クラウスは一度も勝てなかった。

何百回闘《たたか》っても決して到達《とうたつ》できなかった。

(〇・一秒が埋《う》まらなかった……『熟練』とは程遠い。僕だって未熟者の一人だ……)

クラウスは公園に辿《たど》り着くと、噴水《ふんすい》のへりに腰《こし》を下ろした。

夜の公園にはパーティ帰りの人間が行き交《か》っていた。顔を赤くして、この世の春を満喫《まんきつ》するような顔で鼻歌を歌っている。首都のどこかではまだパーティが続いているのか、バイオリンの音が聞こえてきた。

背後から聞こえてくる水の流れる音に耳を傾《かたむ》けて、目を閉じる。

「ん、色男なの。お兄さん、どう？　一回お札三枚なの」

目を開ける。

身売りか。寂《さみ》しげな独身男性と間違《まちが》われたか。

声がした方向を見ると、エルナが身体《からだ》をくねくねと動かしていた。

「………買わない」

「買ってくれないと『娼婦《しょうふ》のフリして情報交換《こうかん》するスパイ』プランが台無しなの」

「別プランを用意しろ」

補導される悪手中の悪手だ。

エルナは構わず、隣《となり》に腰かける。クラウスはせめて距離《きょり》を置いて座ろうと、位置を横にずらしたが、エルナはぴったりと横についてきた。

「……たとえ偶然《ぐうぜん》会った他人のフリをしようと、スパイ同士は極力、接触《せっしょく》すべきではない。なんのために情報班に伝達係を任せたと思ってる」

小声でそう伝えるが、エルナが離《はな》れる様子はなかった。

「伝達係では届けられないものを届けにきたの」

「何だ？」

「ラブコールなの」

こいつは何を言っているんだ？

そう主張したいが、彼女を傷つけかねないのでやめておく。

「不安、なの……？」エルナが心配そうな瞳を向けてくる。

見透《みす》かしたような言葉だった。人形のような丸い瞳が潤《うる》んでいる。

自身の心の揺《ゆ》らぎを、彼女に見抜《みぬ》かれていたらしい。

部下に胸中を打ち明けるのは気が乗らない。だが優《やさ》しさを無下にするのも躊躇《ためら》われる。

「心内を明かす前に………僕の実年齢《じつねんれい》を明かしておこう」

「ん、気になるの」

「見ての通りだ」

「二十八なの！」

「……………二十歳《はたち》だ」

大人びて見られるのは昔からだ。

傷つかない。断じて。

「……思ってたより、ずっと若いの」とエルナが感嘆《かんたん》する。

『灯』の最年長が十八歳なので、部下とたった二歳しか変わらない。

「だから、年相応の不安くらいあるさ。他人の命を預かるのは初めてだ。自分の命なんて幾度《いくど》となく懸《か》けてきたんだがな」

「………」

「僕の未熟で部下を殺すかもしれない……そんな想像に怯《おび》えている……情けない話だ」

こんな弱音、他《ほか》の少女には聞かせられない。自分でも呆《あき》れる。

エルナは手をそっと、クラウスの手に重ねてきた。

「エルナは口下手だから……いいセリフは言えないの……」

彼女の澄《す》んだ眼差しがクラウスを捉《とら》えていた。

「だから……不安が消えるまで、こうして手を握《にぎ》っているの……」

手を握るだけで落ち着くような年齢ではないが、彼女の真摯《しんし》な想《おも》いは手の温度で伝わった。

僅《わず》かに気持ちが軽くなった気がする。

それを伝えると、エルナは満足げに微笑《ほほえ》み、来た道を戻《もど》っていった。


翌日の夜、クラウスがホテルで暗号文を作成していると、扉《とびら》がノックされた。時計を見れば、九時ジャスト。毎日律儀《りちぎ》に一分一秒ずらさずに到着《とうちゃく》する。盗聴対策のためレコードの音量をあげる。

扉の外から、赤髪《あかがみ》の少女の静淑な声が聞こえた。

「……ボス、ご注文されたワインをお届けに上がりました……」

ペンを落としそうになった。

大股《おおまた》で扉に近づくと、少年に変装した赤髪の少女が安らかな表情を浮《う》かべていた。

すぐに招き入れる。さっそくマスクを剝ぎ取る彼女に、クラウスは白い目を向けた。

「部屋の前で『ボス』と呼ぶな。なんのために酒屋に扮《ふん》している」

「はっ。すみません、ボス……」

「いや、部屋の内でもボスと呼ぶな。先生という呼び名が嫌《いや》なら、クラウスでいい」

赤髪の少女が目を伏《ふ》せる。

「ですが、ボスはボスと呼びたいです……」

「頑固《がんこ》な奴《やつ》だな」

ハッキリ主張されると、クラウスが折れるしかなかった。その呼び名を嫌《きら》うのは、自分の都合だ。

定時報告を終える頃《ころ》には、彼女は持前の静淑ぶりを取り戻していた。

「一つよろしいですか……？」

「なんだ？」

「作戦決行前日の夜……リリィさんから決起会を行いたいと打診《だしん》が」

「……………」

戯《ざ》れ言《ごと》が聞こえた気がした。

クラウスは眉間《みけん》をつねった。

「ボス？」

「いや、聞き間違いだろう。決起会、と聞こえたが？　もしかして潜入中のスパイが全員集まって食事をする気か？」

「そう言付かっております」

「否定してほしかった……」

スパイが決起会など聞いたこともない。

誰《だれ》か一人でも尾行《びこう》されていたら、全員マークされる。

一人がマークされても、他の人間が任務を遂行《すいこう》するために別々に活動しているのだ。集まってどうする。

「やめさせろ。前代未聞《みもん》だ」

「既《すで》にリリィさんが高級レストランをリストアップしていますが……」

「メンタルの図太さだけで生きている女だな」

「どうやら皆《みな》さまの疲労《ひろう》を気にかけているようでして……」

なるほどと納得《なっとく》する。

自分とは違い、彼女たちはこれが初任務だ。憔悴《しょうすい》が目立つ頃だろう。

赤髪の少女の声にも覇気《はき》がない。入室前に呼び名を間違える凡《ぼん》ミスも犯《おか》している。

「——わかった。では、情報機関の息がかかった店を教えよう。勝手に開催《かいさい》してくれ。尾行の警戒《けいかい》を怠《おこた》るな」

譲歩《じょうほ》すると、赤髪の少女が小さく首を横に振《ふ》った。

「いえ、わたくし共だけでは万が一もあります……」

「じゃあ中止しろ」

「ボスが参加してくだされば解決します……」

「…………」

まさかのボディガード扱《あつか》い。

だが発言自体は正論だ。つまるところ、それが最善か。

「……部下のケアも上司の仕事か」

息を吐《は》いて顔を手で覆《おお》った。

「僕が店を押さえておく。内偵《ないてい》もやっておこう……」

そう投げやりに言い渡《わた》すと、赤髪の少女は深々と頭を下げた。


一概《いちがい》にスパイと言っても、その形態は幅広《はばひろ》く存在している。

クラウスたちのように国家公務員のスパイから、他国に在住して情報を流す協力者、その都度報酬《ほうしゅう》を支《し》払《はら》い雇用《こよう》する情報屋、あるいは、平時は他国の善良な市民として暮らし続ける潜伏《せんぷく》スパイまで。

決起会の場所に選んだのは、帝国《ていこく》に不信感を抱《いだ》くオーナーのレストランだった。具体的なスパイ活動は行わないが、利用するクラウスたちの秘密を守り抜いてくれる。

そのレストランの個室を予約する。

尾行やオーナーの離反《りはん》がないことを確かめて、クラウスは遅《おく》れて入室した。食事会のためにここまで労力をかける必要があるのかは、甚《はなは》だ疑問だったが。

「お久しぶりですっ！」部屋に入ると、リリィが真っ先に反応して手を振ってくる。

「……リリィ、お前のふざけた提案を採用してやった僕に言うことは？」

「どういたしまして？」

無言でデコピンをすると、リリィが「頭蓋《ずがい》がぁ！」と雄叫《おたけ》びをあげた。

クラウスは席に着き、改めて少女たちの顔を見る。直接顔を合わせるのは二週間ぶりだが、顔つきが引き締《し》まって見える。あどけなさが残るのは変わりないが。

料理が運ばれると、決起会は盛り上がり始めた。

喧騒《けんそう》の中心にいるのは、やはりリリィだった。

「いやぁ、リリィちゃん大活躍《かつやく》ですね。初任務でここまでミッションをこなせるとは！」

調子のいい発言をして、案の定、他の少女から叩《たた》かれている。

同じ実行班のメンバーから「お前は迷子になっただろうが！」「ボクに落とし物を捜《さが》させたよねぇ？」と突《つ》っ込まれている。凛然《りんぜん》とした白髪《はくはつ》と不遜《ふそん》な蒼銀髪《あおぎんぱつ》。どうやら彼女の危《あや》うい部分も、他の少女がうまくサポートしているらしい。リリィがふざけて、他の少女が呆れる。最早恒例《もはやこうれい》となったパターンで会話が弾《はず》んでいく。

クラウスは、そのやり取りに加わらなかった。無言で料理を口に運び続ける。

少女が集まるとこれほど姦《かしま》しいのか、と眉《まゆ》をひそめる。

すると、一人の少女が近寄ってきた。

「せんせい」

エルナだった。

メインディッシュの子羊のステーキを切り分けると、一欠片《かけら》をフォークで刺《さ》し、クラウスに差し出してくる。

「あーん、なの」

少女たちが歓声《かんせい》をあげた。

「おぉ、積極的っす！」「やれ！　男を見せろ！」「中々、攻《せ》めるわね……」

頭が痛くなってきた。

エルナには悪いが、差し出されたフォークを無視する。

「……なんだ、この緊張感《きんちょうかん》のなさは」クラウスは少女たちを睨《にら》みつけた。「お前たち、本当に状況《じょうきょう》を理解しているのか……？」

好みではないが、説教が必要な段階だ。

自分たちはピクニックに来たのではない。何百万人の国民の危機を背負い、生きるか死ぬかの任務に向かうのだ。

あまりに緩《ゆる》みすぎている。

初めての叱責《しっせき》だった。

「…………」

少女たちが一斉《いっせい》に黙《だま》り、水を打ったような静けさに包まれる。

さすがに落ち込んだか。そう心配したが、どうやら違《ちが》ったらしい。

白髪の少女が凛然と睨み返してきた。

「緊張？　してるよ。当たり前だろ。あたしだって恐《こわ》くない訳がない。自分の国から一歩外に出た瞬間《しゅんかん》から震《ふる》えを堪《こら》えているよ」

「じゃあ、なぜ？」

「でも、今日はアンタが一緒《いっしょ》にいるから」

白髪の少女が唇《くちびる》を尖《とが》らせる。

「だから大丈夫《だいじょうぶ》かなって……あたし、アンタの強さだけは信頼《しんらい》してるから」

その言葉に同意するように、他の少女たちも頷《うなず》いた。

それでも気を抜きすぎだ。そう言いたいが、言葉を呑《の》み込んだ。

なるほど。彼女たちに油断が見えたのは、自分がそばにいるからか。一か月敗北を繰《く》り返しているうちに自分を過剰評価《かじょうひょうか》し始めたのか。

クラウスは白髪の少女に詰《つ》め寄った。

「な、なんだよ……？」白髪の少女が身構える、

「お前にやってやる」クラウスはエルナから奪《うば》ったフォークを差しだす。「あーん、だ」

白髪の少女が、一瞬で、ボッと赤くなった。

「なっ、ちょっ、バッ、いきなり、なにすんだよ！」

「この程度で動揺《どうよう》する奴が安心感を抱くな」

クラウスは白髪の少女の額を弾《はじ》くと、部屋は再び笑いで包まれた。白髪の少女が食べなかった肉を、今度はエルナに差し出すと、彼女は嬉《うれ》しそうに食い付いた。よく分からないが、拍手《はくしゅ》が沸《わ》いた。

幸い、決起会のムードは崩《くず》れなかった。すぐに騒々《そうぞう》しさを取り戻す。

「そういえば、初めてですよね」途中《とちゅう》、リリィが漏《も》らした。

「なにが？」

「先生を交えて食事って。普段《ふだん》も一緒に食べればいいのに」

「…………」

正論だった。

陽炎パレスでは、少女たちが自分たちで料理を作り、クラウスはクラウスで食餌《しょくじ》を用意している。冷静に考えれば非効率だったが、それが自然だと思い込んでいた。

食事は家族で食べるものだ。だがクラウスの家族は失われた。食事が一人なのは、不思議ではない。

そう主張するのは無粋《ぶすい》だろうか。

クラウスは黙って席を立った。

クラウスがお手洗いを済ませ個室に戻《もど》ると、そこには予想外の光景が広がっていた。

少女たちが全員、机に倒《たお》れ伏《ふ》していた。

襲撃《しゅうげき》でも受けたか。様子を観察する。

だが、彼女たちに近づくと、安らかな寝息《ねいき》に気がついた。ガスの形跡《けいせき》も注射の痕跡《こんせき》もない。料理に毒はなかった。単純に騒《さわ》ぎ疲《つか》れて寝てしまったらしい。

少女たちは昼夜問わず奔走《ほんそう》している。この一か月と二週間、休日らしい休日も設けていない。その疲れが仲間と集まった安心で噴《ふ》き出したようだ。

(いや、いくら疲れているからって、こんな場所で居眠《いねむ》りする奴があるか)

叩き起こすか――と手を伸《の》ばして、やめる。

せっかく寝ているのだ。無理に起こす必要もない。

仮に襲撃があったら、自分が対処すればいい。

(これも上司の役目……とさすがに自分に言い聞かせすぎか)

クラウスは食後のコーヒーを運んできたウエイトレスに対し、金を上乗せするから部屋をこのまま貸し切らせてくれと頼《たの》んだ。『灯』の予算を使うのも躊躇《ためら》われ、クラウスが自腹を切る。ウエイトレスは温かい光景でも見るように微笑《ほほえ》んで了承《りょうしょう》してくれた。

(まったく……僕の不安も知らないで……)

少女たちの寝顔を見て、息をつく。

『寝顔を見せられるってのはね、信頼の証《あかし》なのよ』

脳裏《のうり》に言葉が過《よ》ぎる。

かつてのボスの言葉だった。

『だから、自分に寝顔を見せてくれた人はね、守り通さなくてはならないわ』

クラウスがまだ幼い頃《ころ》、陽炎パレスの広間でうたた寝をしたことがある。度《たび》重なる訓練で疲れ切っていたのだ。目を開けると、ボスや『焔』のメンバーがクスクスと笑《え》みを洩《も》らしていた。

『いや、ボス……俺たちの仕事は、寝顔を見せた敵の隙《すき》をつくことなんだが』

『ギード。子供の前で、そんな物騒《ぶっそう》な発言はいけないわ』

『子供じゃねぇよ、ボス』ギードはクラウスの背中を強く叩いた。『こいつは天才だ。育てれば、俺たちの誰《だれ》よりも優秀《ゆうしゅう》なスパイになれる男さ』

『まだ子供よ、お昼寝しちゃう可愛《かわい》い子』

クラウスは虚勢《きょせい》を張って反論した。『僕は……子供じゃない』

あどけなさの残る少年が強がったからだろう。

ボスが噴き出して、周囲にいたメンバーもつられて笑い出した。ギードが『生意気言うんじゃねぇ』と頭を叩く。ボスが『暴力は反対よ』と主張して、ギードが『スパイが何言ってるんですか』と反論する。クラウスはそのやり取りが心地《ここち》よく、目を細める。

回想に耽《ふけ》っていたところで、ふと気がついた。

（………？　なぜ僕はこいつらを見て、『焰』を思い出しているんだ？）

似ても似つかない集団だ。

一流のスパイチームと急造で未熟なスパイチーム。

宝石と石ころ程《ほど》かけ離《はな》れている。

(だが……とにかく、決意が固まった気がする)

クラウスは他《ほか》の少女を見回した。全員が心地よさそうに寝息を立て、リリィに至ってはよだれをテーブルクロスに広げている。

守り通さなくてはならない。

たとえ世話のかかる奴《やつ》らであっても。

彼女たちが自分を信頼するならば、自分もまた自身の決断を信頼しよう――。

◇◇◇

リリィは、はっ、と目を覚ました。

頬《ほお》が水で濡《ぬ》れている。誰かのイタズラかもしれない。眠りこけているうちにやられたか。

復讐《ふくしゅう》しなくては。

寝ぼけている頭を振《ふ》って、ぼんやりと意識を覚醒《かくせい》させる。すると今自身が置かれている状況を認識《にんしき》した。レストラン、料理がなくなったテーブル、眠っている仲間たち、どうやら決起会の途中で熟睡《じゅくすい》してしまったらしい。

「はっ！　大変ですっ！」

リリィは飛び跳《は》ねるように立ち上がった。

記憶《きおく》にあったのは、緊張感のなさを指摘《してき》したクラウスの不機嫌《ふきげん》顔。珍《めずら》しい説教直後にこの失態は酷《ひど》すぎる。

慌《あわ》てて熟睡している少女たちの背中を叩《たた》いていく。

「みんな、起きてください！　早く起きないと、先生が鼻にオリーブオイルを流し込んでいきますよ！」

「誰が流すか」

個室の隅《すみ》でコーヒーを飲んでいるクラウスが呆《あき》れ顔を見せる。

リリィに起こされて、他の少女たちも起き始める。彼女たちもまた、クラウスに叱責されるのではないか、と恐《おそ》れ始めた。気を引き締《し》めなくてはと決心したが、睡魔《すいま》には勝てなかった。

だが大方の少女の予想とは違い――クラウスは穏《おだ》やかな表情を浮かべていた。

しかも、かつてないほど。限りなく僅《わず》かにではあるが、頬が緩んでいる。

「計画を変更《へんこう》する。当初はお前たちが東から潜入し、僕が西から潜入《せんにゅう》する予定だったが、入れ替《か》えよう。各々《おのおの》準備しておけ」

クラウスが腰をあげて、退室し始める。少女たちが起きるまで待っていたらしい。

思わぬ態度に少女たちが疑問を抱《いだ》いていると、クラウスはふと足を止めた。

「それから…………」

これまた珍しく躊躇いをみせた。

「…………見ての通りだ」

「なんです？」

「やはり伝わらないか」

残念そうに眉《まゆ》をひそめた。

言葉を一語一語検索《けんさく》するようにたっぷり黙り込んで、口を開いた。

「授業も指示もできないボスによくついてきてくれた……ありがとう」

そう言い残して、クラウスは足早に個室から出ていった。

少女たちはしばらく出来事を受け止められないまま、微動《びどう》だにしなかった。互《たが》いに目配せをして、頷き合い、なんとかして現実であったと信じ込む。

お礼を言った。あのマイペース男が、自分たちに。

クラウスの意図は分からない。ただの気まぐれかもしれない。

ただ後に少女たちは振り返る。

もしかしたら、この時にチームは一つになったかも、と。

◇◇◇

作戦決行の日がやってくる。

生物兵器奪還《だっかん》作戦、『焔』が成し遂《と》げられなかった不可能任務。

決行は深夜。闇《やみ》が最も深くなる新月の日。

少女たちは各々の宿泊《しゅくはく》施設《しせつ》を抜《ぬ》け出すと、闇を駆《か》けて集合場所に辿《たど》り着いた。首都を見下ろす崖《がけ》の上。見晴らしのいい丘《おか》に準備を整えたメンバーが集合した。

国内に潜伏《せんぷく》する学生服でもなく、敵国内に潜伏する用の観光客の装《よそお》いでもない。

機動性と隠密《おんみつ》性を重視した黒を基調とする専用の服。彼女たちが全力を発揮するための装いだ。

視界の先には潜入先の研究施設がある。

改めて潜入の難易度が思い知らされた。

並ぶ五階建ての棟《むね》。敷地《しきち》内に入れるのは、許可された一部の人間のみ。それも夕刻を過ぎれば追い出される。夜間は無数の軍人が警備に当たっている。潜入ルートは監視《かんし》の目をかいくぐって二十メートルの壁をよじ登るか、正面の一本道から堂々と突入《とつにゅう》しなければならない。

生物兵器のサンプルを奪う。最悪のウイルス兵器『奈落人形』――。

『灯』のメンバーはその施設を強く睨《にら》みつけた。

「計画に変更はない。二つのルートから潜入する。僕とお前たちは別行動だ」

クラウスはスーツ姿のままだった。しかし、髪型《かみがた》を大きく変えている。肩まで伸びた髪を後方で縛《しば》って、額を大きく露出《ろしゅつ》させていた。雑踏《ざっとう》に溶《と》け込む地味な風貌《ふうぼう》ではなく、気合い十分のルックスだ。

「研究所には軍人や工作員も常駐《じょうちゅう》している――欺《あざむ》き倒《たお》せ。阻《はば》むもの全《すべ》て」

少女たちは頷《うなず》いた。

一つ一つのやり取りに緊張《きんちょう》が張り詰《つ》めていた。

これまでの諜報《ちょうほう》活動は、所詮《しょせん》、潜入のための前準備に過ぎない。多少の危険があろうと、これから行うミッションに比べればお遊びの範囲《はんい》。

今からは一挙手一投足が命取りになる。

「では、行こう」クラウスが右手を高々と上げた。「全員で生きて帰ろう」

指をぱちんと鳴らした。

その合図と共に、少女たちは闇に溶け込んでいった。

◇◇◇

任務開始時に、少女たちはぐるりと円になった。

七人の少女が拳《こぶし》を構えて、互いに互いを睨み合う。

リリィが掛《か》け声を発した。

「荷物持ち決定せーん！」

「「「「「「いえーい！」」」」」」

「多い勝ちじゃんけん、ワン、ツー、ポン！」

少女たちは一斉《いっせい》にパーを出した——唯一《ゆいいつ》、グーを出した白髪《はくはつ》の少女を除いて。

次の瞬間《しゅんかん》、白髪の少女はリリィに飛び掛かって、胸倉《むなぐら》を摑《つか》んだ。

「リリィいいい？　お前、グーに揃《そろ》えるって言ったよなあああぁっ？」

「えー？　そんな情報流しましたっけぇ？」

決め事をする場合、このじゃんけんが原則。毎度情報戦が繰《く》り広げられて、血で血を洗う苛烈《かれつ》な戦いとなる。

リリィはそ知らぬ顔を通して、結局、一番大きな荷物は白髪の少女が負担した。彼女は巨大《きょだい》なリュックを背負って、潜入調査に挑《いど》む羽目になる。少女の中でもっとも怪力《かいりき》が彼女なので、妥当《だとう》な結果だった。

白髪の少女がリュックの重量に、うげ、と呻《うめ》いたところで、少女たちは進行した。

研究所周辺は、外部の侵入者《しんにゅう》を威嚇《いかく》するように照明が焚《た》かれている。彼女たちはその照明をかいくぐって、潜入しなければならない。

周囲を取り囲むのは、高さ二十メートルの壁《かべ》だった。

「一度に七人は多いですね……」

一人の少女の提案を受けて、運動神経のよい二人が壁の上部にワイヤーを引っかけて登る。彼女たちが見張りの有無《うむ》を確認して、次の二人が壁の中腹に待機。最後に、重荷を背負った白髪の少女を含《ふく》む三人が壁を越《こ》えた。

壁に設置された警報装置は、事前の工作で解除されている。

七人が降り立ったのは巨大倉庫の裏。貯蔵用タンク置き場だ。身長の数倍もあるタンクが数十近く並び、配管が張り巡《めぐ》らされている。研究用のガスや石油が入っているらしい。彼女たちはそのタンクに身を潜《ひそ》めて、各々がそっと武器を構えた。

ここは完全に敵地だ。

見つかれば、誤魔化しは利《き》かない。

事前につかんだ情報では、侵入者は即《そく》射殺。

「……次の時刻に見回りに来る軍人が鍵《かぎ》を持っている。速《すみ》やかに奪《うば》うわよ」

黒髪の少女が囁《ささや》いた。

他の少女たちが同時に息を呑《の》む。事前に入手できなかった鍵は、任務中に奪うしかない。

帝国《ていこく》のセキュリティでは、事前に入手できる方が稀《まれ》なのだが。

リリィはナイフか自動式拳銃《けんじゅう》で迷って、ナイフを選んだ。刃先《はさき》にそっと毒をつける。

そこで、隣《となり》で息を潜める少女の汗《あせ》に気が付いた。

「大丈夫《だいじょうぶ》ですか？」とリリィが彼女の背中を撫《な》でた。

「正直恐《こわ》いっす……」茶髪の少女は気弱に顔を歪《ゆが》めた。「嫌《いや》な予感が消えてくれないんすよ……自分たち、決定的な思い違《ちが》いをしているんじゃないかって……」

「ストップ」蒼銀髪《あおぎんぱつ》の少女が不遜《ふそん》な声で遮《さえぎ》った。「さすがに、今それ言うのは違う」

賢明《けんめい》な判断だったが、手遅《ておく》れだった。

クラウスの指示ならば大丈夫——そう盲信《もうしん》してきた事実が、少女たちの間で揺《ゆ》らいだ。

初任務の彼女たちにとっては、一流の彼の言葉こそが心の支えだった。

疑ってはならない。だが、どうしても頭に過《よ》ぎる。

もしクラウスの予想を上回る敵がいたら？

もし彼でさえも見抜けない策が敵にあったら？

彼が所属していた『焔』でさえも、生物兵器の奪還任務中に壊滅《かいめつ》した。果たして自分たちに勝機があるのか。

一度生まれた怯《おび》えは、ウイルス感染《かんせん》のように少女全員に広まっていく。

「――心配ありませんよ」

その重い空気に呑まれる前にリリィが言った。

「トラブルがあったら皆《みんな》で計画を練りましょう。ずっと、やってきたみたいに」

彼女の言葉で、少女たちに生まれた恐怖《きょうふ》がふっと薄《うす》くなる。

その事実に誰《だれ》かがリリィを茶化そうとした時、足音が響《ひび》いてきた。

予定通り、見張りの軍人が来たのだ。

黒髪の少女が目で合図を出して、三人の少女がタンクの陰《かげ》から飛び出した。見張りの軍人は一人だけ。彼の背後に近寄ると拘束《こうそく》具を取り出し、彼の口に取り付けた。

パニックになった軍人を左右から挟《はさ》み込み、二人の少女が縛り付ける。力の差は関節技《わざ》を決めて補い、見張りの一人を無力化する。

見張りの服のポケットには、鍵があった。

少女たちは口元を歪めてみせる。

「さぁ尋問《じんもん》しましょうか」黒髪の少女が優艶《ゆうえん》に宣言した。「まずは安全な場所に――」

少女たちが軍人の身体《からだ》を持ち上げた時だった。

「危険なのっ！」

悲鳴が響いた。

少女たちは反射的に軍人の身体から飛びのいた。

風が通り過ぎたように感じられた。

その存在は目で追えないスピードで軍人の身体を摑みあげると、あっという間に少女たちから奪還した。音もなく、気配もない。軍人の身体が浮《う》いて、流されるように消えていった。

遅《おく》れて視線を向けた先には、長身の男が立っていた。

四肢《しし》の長い、まるで虫のような男だ。紺色《こんいろ》のジャケットを羽織る男は、この場に似つかわしくない軽薄《けいはく》な外見の男だった。歳《とし》は三十代にも見えるが、二十代と言われても信じてしまえる。明るい色の髪は若々しく見えるが、顔の髭《ひげ》は中年めいて見える。とにかく軽薄な印象が目立つ。

男は救出したばかりの軍人を地面に投げ捨てた。

「――おかしいな。バカ弟子《でし》は西からのルートだったはずだが」

どこか残念そうな笑《え》みを浮かべる。

「直前に変えたな？　まぁ、誤差か。ここのガキ全員人質《ひとじち》に取れば、それで終《しま》いだ」

リリィはその男を知っていた。

彼の人相をクラウスから聞いていた。

「アナタは――――」

掠《かす》れる声で口にした。


「――ギードさん？」

クラウスの師匠《ししょう》であり、全滅したとされる『焔』の一員。

本来ならば――生きているはずがない。

敵国の敷地にいていい存在ではない。

「あー？」ギードが頭の後ろを掻《か》いた。「どうしてオレの名前を知ってやがる？」

「先生が、一度語ってくれました……」

「なるほど、思い出話ね。いいさ。情報が漏《も》れているのは、オレだけじゃないんだから」

彼のねっとりした視線が、リリィの肌《はだ》に纏《まと》わりつく。

情報が漏れている――。

心臓の鼓動《こどう》が高鳴る。全身から噴《ふ》き出すように汗が出てきた。

「どうしてわたしたちの潜入《せんにゅう》ルートがバレて……」

「察しがわりぃな。オレは『焔』のメンバー、つまり陽炎パレスの元入居者なんだぜ？」

ギードが怪《あや》しく口の端《はし》を歪めた。

「――陽炎パレスには盗聴器《とうちょうき》が仕込《しこ》んである」

その言葉で、少女たちは全てを確信する。

どうして伝説のスパイチーム『焔』が壊滅したのか。

どうしてクラウス不在時に、その悲劇が行われたのか。

全部は、クラウスの師匠――ギードの裏切り。

それと同時に、自分が直面している危機も理解した。

クラウスが一度語った情報が正しいならば――。

「お前たちの計画は大方把握《はあく》してんのさ。ようこそ、ここが地獄《じごく》だ」

ギードは腰《こし》から球状の物を取り出すと、少女たちに向かって投じた。

◇◇◇

その爆発音《ばくはつ》は、施設《しせつ》を駆《か》けるクラウスの耳にも届いていた。

研究所の西から聞こえてくる。少女たちが潜入するルートの方角だ。誰かに見つかって戦闘《せんとう》が始まったようだ。

鈍《にぶ》く響き渡《わた》る、長く耳に残る爆発音。

（師匠がよく使った爆弾《ばくだん》に似ているな……）

爆弾にも種類があるように爆発音にも種類がある。僅《わず》かな違いであろうとクラウスは聞き分けることができた。

今響いた音は、ある男を想起させる。

現状ではまだ確たる証拠《しょうこ》はないが、ふと脳裏《のうり》に浮かび上がってくる。

『焔』が全滅した日、疑惑《ぎわく》が残る遺体があった。

クラウスの師匠――ギード。

彼らしき遺体は発見された。が、損傷が酷《ひど》く、本人かどうか断言できなかった。
『焔』の最強の戦闘屋。
戦闘技術ではクラウスをも凌《しの》ぐ、本物の化物だ――。

4章　嘘と奪還

研究所西の倉庫横、ガスタンク保管場所――。

ギードが放った爆弾は大した威力《いりょく》ではなかった。少女の横に並ぶガスタンクのせいで、強力な火器は用いなかったのだろう。

しかし、その爆風はリリィの身体を痺《しび》れさせる。ぐっと堪《こら》えて配管の隙間《すきま》を縫《ぬ》うように逃《に》げた。貯水槽《そう》の陰《かげ》に隠《かく》れる。

爆弾の目的は音かもしれないとリリィは冷静に分析《ぶんせき》する。他《ほか》の人間に戦闘が始まった事実を知らせる信号。誰に対してかは分からないが。

タンクの隙間は、配管がまるで大木の枝のように縦横無尽《じゅうおうむじん》に延びていた。まるで森。他の仲間もこの配管のそばにうまく隠れた。

ギードはタンクから離《はな》れた場所で待機し、追って来ない。

「どうするよ？」どこかから白髪《はくはつ》の少女の凜然《りんぜん》とした声が聞こえてきた。「敵がこの場所に来たら、銃や手りゅう弾はマズいよな？」

蒼銀髪《あおぎんぱつ》の少女が不遜に答える。「当然。タンクの強度が分からない。中身がガソリンや可燃性ガスなら全員爆死する可能性がある」

「じゃあ、ナイフで闘《たたか》うか、逃げるか、だが――」

「両方とも難易度やばいよね……先生の先生なんでしょ？　あのチャラ男」

さっきの一瞬《いっしゅん》で、彼が卓越《たくえつ》したスパイとは誰もが感じられた。闘って勝てる未来が見えない。しかも接近戦で。

リリィはどう答えれば良いか分からず、口を噤《つぐ》んでいた。

根拠《こんきょ》のない励《はげ》ましは得意ではあるが、具体的な策の提案は管轄《かんかつ》外だ。

貯水槽の向こうから静淑《せいしゅく》な声が聞こえてきた。赤髪《あかがみ》の少女。

「逃げれば一人一人、捕《つか》まってしまう………全員で闘うのが最善ですね……」

反論はなかった。

全員が覚悟《かくご》を決めた。

闇雲《やみくも》に逃げればメンバーの誰かは生き残れるかもしれないが、全員の脱出《だっしゅつ》は望めない。甘いと言われても、誰かを切り捨てる気は毛頭なかった。

ギードもまた少女たちの意図を察したようだ。

「七対一か」

どこか高揚《こうよう》した笑みを見せた。

「一人一人、捻《ね》じ伏《ふ》せてやるよ。三分後には全員屈服《くっぷく》だろうさ」

三分。

最悪五分も保《も》たない、と予想していたリリィは、それが甘い想定と知る。

ギードは背中に手を回すと、そこから一本の抜《ぬ》き身の刀を取り出した。スパイが持つには似つかわしくない武器が彼の得物《えもの》らしい。

少女の誰かが唾《つば》を飲み込む音が聞こえてきた。

彼が腰を落として、身構える。

少女たちが潜《ひそ》むガスタンク群から、ギードまでの距離《きょり》は十二メートル。彼の運動能力ならば一瞬。

数秒の静寂《せいじゃく》。

合図は、響き渡る口笛だった。

少女たちは一斉《いっせい》に潜伏《せんぷく》場所から姿を現すと、各々《おのおの》の拳銃《けんじゅう》を発砲《はっぽう》した。

「近づけさせないで！」黒髪の少女が叫《さけ》んだ。「配管まで近づかれたら銃が使えない！」

七つの銃が一人の男に向けて、容赦《ようしゃ》なく放たれる。躊躇《ちゅうちょ》はなかった。ここで手を抜けば、殺されるのは自分自身なのだ。

常人ならハチの巣となって即死《そくし》の銃撃《じゅうげき》。

ここで仕留められたら、どれほど楽か。

ギードはジグザグに走り、時に手にした刀で弾《はじ》いて銃弾《じゅうだん》に対処していく。怯《おび》える様子など見せず、口元には笑みさえあった。

瞬《また》く間《ま》にギードは配管が巡《めぐ》る場所まで到達《とうたつ》して、少女たちは射撃を断念する。ここからは火器は使えない。

七人の少女は同時に跳んだ。配管にワイヤーを引っかけて移動し、闇《やみ》に身を潜める。幸い、ここはタンクと配管の森だ。隠れる場所ならば事欠かない。

ギードは他の少女には目もくれず、リリィを追いかけてきた。

ライオンに追いかけられるウサギの気分だ。彼女は配管の上を全力で走ったが、ギードはそれを上回る速度で追ってくる。

追い付かれる——。

そう感じた瞬間、リリィの耳に口笛が聞こえてきた。

罠《わな》の合図。

その口笛を聞いて、きっかり二秒後、リリィは大きく跳躍《ちょうやく》した。

「悪いですが！」リリィは叫んだ。「格上とのバトルは日常茶飯事《さはんじ》なんですよっ！」

計画の練り直しも、即座《そくざ》の判断でのコンビネーションも、全《すべ》て鍛《きた》え続けてきた――。

空中で前方に半回転して、リリィは後方を見る。

ギードは刀を握《にぎ》りながら、リリィを追いかけ、そして、停止した。

彼の右足には無数のワイヤーが絡《から》みついている。

誰《だれ》かが仕《し》掛《か》けたのだろう。

――ブービートラップ。

着地して空を見上げれば、蒼銀髪の少女が中指を立てている。

その場を動けないギードに向かって、他の少女たちがナイフを投げた。灰桃髪《はいももがみ》の少女がスタンガンを構えて背後から突撃《とつげき》している。

完璧《かんぺき》な連携《れんけい》で追い詰《つ》める。右足を固定された状態で、上下左右容赦なく襲《おそ》い掛《か》かるナイフを避《さ》けられるはずがない。

「――てめぇら、頭悪いのか?」

冷笑《れいしょう》が聞こえた。

リリィはその光景を見て、唖然《あぜん》とする。

刹那《せつな》だった。

ギードの右足を搦《から》めとっていたワイヤーが突然裂《さ》けて、彼の右足は飛び掛かった少女の腹に突《つ》き刺《さ》さった。彼は少女を蹴《け》り、ナイフの攻撃《こうげき》もあっさりかわした。

「そのトラップをどこの国で学んだ？」

ギードは右足を大きく振《ふ》るって、少女の身体《からだ》をガスタンクに叩《たた》きつける。灰桃髪の少女は、言葉にならない呻《うめ》き声をあげて地面に倒《たお》れた。

「オレに共和国の技術は通じない」

冷徹《れいてつ》な声が響《ひび》いた。

叩きつけられた少女はギードの足元に横たわったまま、起き上がらない。

「残り６人」

少女たちはその光景を正しく認識《にんしき》する。

純真無邪気《むじゃき》なムードメーカーの灰桃髪の少女――アネットが脱落した。

◇◇◇

ガルガド帝国《ていこく》は、エンディ研究所に数名の工作員を配置していた。

生物兵器を考慮《こうりょ》すれば、より多くの人を投入したい拠点《きょてん》だが、世界各国に敵を作っている帝国には人的余裕《よゆう》がない。そもそも施設の守衛は情報機関の領分ではない。研究所を守るのは専《もっぱ》ら陸軍の役目だった。

帝国のスパイにとって、ディン共和国は既《すで》に終わった国だ。

危険視すべき『焔《ほむら》』は壊滅《かいめつ》した。スパイの協力者リストも手に入れてある。警戒《けいかい》対象は『焔』の生き残りのみ。研究所で彼を待ち構えて、大量の軍人と共に罠に嵌《は》めればいい。後は国ごと手中に収められる。

ガルガド帝国の工作員――イヴは研究所の管理棟《とう》で欠伸《あくび》をした。

「ねぇー、共和国の連中ってもう全員死んだかなぁ？」

イヴは二十代半ばの女性工作員だ。茶髪で、髪も短く、まるで少女のような外見。帝国の情報機関では主に防諜《ぼうちょう》――いわゆる秘密警察として、敵スパイの発見を担う。

通信室には、彼女の他に軍人が待機していた。イヴの呑気《のんき》な姿勢に顔をしかめているが、彼女は笑って無視した。どんな国でも軍人は規律に縛《しば》られがちだ。飴《あめ》を舐《な》めながら通信を待つ彼女に腹を立てているのだろう。

しかし、軍人はぐっと言葉を堪えている。

軍と情報機関の間に、明確な上下関係はない。帝国の情報機関は、陸軍省とは完全に独立した組織だ。だが、情報機関が陸軍省のスキャンダルの情報を握るにつれて、気づけば工作員側は必要とあれば、軍にいくらでも命令できる優劣《ゆうれつ》関係が出来上がっていた。

「『蒼蠅《あおばえ》』が西倉庫付近でスパイと接触《せっしょく》している模様です」

一人の青年軍人がはきはきと答えた。

「別部隊もまた東門付近で、敵スパイの痕跡《こんせき》を見つけたと連絡《れんらく》が入っています。現在追跡中です」

「ふぅん。じゃあ事前に手にした情報通りだね」

イヴは椅子《いす》に座り直し、机に脚《あし》を乗せた。

周囲の軍人は眉《まゆ》をひそめる。

「あの……質問よろしいでしょうか？」青年が声をかけた。

「ん？」

「ディン共和国の鼠《ねずみ》にはどんな勝算があるとお考えですか？」

イヴは、んー、と唸《うな》った。

「ないんじゃない？」

「さすがに、そんなはずは……」

イヴは小馬鹿《こばか》にするように鼻を鳴らした。

「ギード……いや、今は『蒼蠅』か。アイツが帝国に寝返《ねがえ》った時点で、ディン共和国のスパイの全情報は流出している。敵の方法も強みも弱点も、もちろん今回の計画もね」

「なら、問題なく対処できると……？」

「彼さ、元の住居に盗聴器《とうちょうき》を設置したんだよ。敵は盗聴器に気づかず、そこで生活を送った。だから今回潜入《せんにゅう》するスパイの情報もとっくに把握《はあく》できたわけ。敵は泳がされているとも知らずに、偽《にせ》情報を摑んでここへやってきた」

イヴはぱちんと指を鳴らした。

「ワタシたちは飛び込んだ羽虫を殺すだけよ」

彼らが逃《に》げ込むであろう場所には、軍人や罠を設置している。待っているのは破滅だ。

青年は尚《なお》も納得《なっとく》できないのか、言葉を続けた。

「ですが、『蒼蠅』さんは、一人警戒すべき男がいると」

「敵のボスのこと？　あー、でも問題ない。そいつ、『蒼蠅』の弟子《でし》なんだって」

「弟子……？」

「訓練で何百と闘った。けどね、たった一度も『蒼蠅』は負けなかった。今回はアイツに任せる限り間違《まちが》いないの」

それは、『蒼蠅』が断言している。

敵は『蒼蠅』が幼少期から育てた相手だ。戦い方も全て把握済みだ。

「そもそも今回の計画は、その男を確実に殺すために仕組んだのよ。全部、彼らはワタシたちの手のひらの上で踊《おど》っていただけ。これから始まるのは一方的な虐殺《ぎゃくさつ》よ」

　青年は話を聞いて、深いため息をついた。

「もはや哀《あわ》れに思えてきますね」

「うーん、説明してて、確かに可哀想《かわいそう》に思えてきたわ」

　イヴは名案を思い付いた。

「ワタシが直接出ようかな、自ら始末してやるわ」

　周囲の軍人が慌《あわ》てふためきだす。

「いえ、アナタにはここで待機してもらわないと」

「あ？　なに、その顔？　逆らう気？」

「ですが……」

「はぁ？」

　イヴは軍人たちをきつく睨《にら》みつけた。

　女に舐められて我慢《がまん》できなかったらしい。青年が意を決したように一歩前に出た。

「お言葉ですが、この研究所は我々軍人が警備しております。誘《さそ》い込んだスパイと戦闘《せんとう》するだけならば、我々の方が――」

　彼はその言葉を言い終えられなかった。

彼の太い首に糸が巻き付けられていた。糸はきつく彼の首を絞《し》めあげる。彼はカエルの鳴き声に似た惨《みじ》めな声をあげる。

糸は、イヴの指先に繋《つな》がっていた。

イヴは糸に力を込《こ》めて、もがき苦しむ軍人を見下す。

「戦闘が……なに？」

イヴよりもずっと体格の大きな男は、白目を剝《む》いている。

彼女はその青年の頭を蹴った。

「あのさぁ、アナタが軍のどう偉《えら》い人か知らないけど、とっくに軍人の時代じゃないの。兵器で虐殺しかできない猿《さる》の時代は終わり。テクノロジーが進歩した時代には、戦争はリスクもコストも高すぎて無駄《むだ》だらけなの。分かる？」

だからスパイが暗躍《あんやく》する。

ミサイルも戦闘機も用いずに、敵国を支配できる人間が重宝される。

それを教え込むようにイヴは青年を蹴り続ける。

「その鍛えただけの身体に、なんの意味があんの？　敵が正面から闘《たたか》ってくれるとでも？　暗殺。謀殺《ぼうさつ》。毒殺。それを防ぐ頭脳がなければ、新しい世界じゃ生きていけないわよ？」

軍人の意識が途切《とぎ》れそうになった瞬間、イヴは糸を緩《ゆる》めた。

「さ、じゃあ、スパイ共を殺しに行こうかな」

青年は息を整えて、その後で、イヴを止めに入る。

「ま、待ってください。敵もまた一流のスパイでは——」

「関係ない、関係ない。ワタシね、暗がりの奇襲《きしゅう》では絶対負けないの。秘密警察としてこの糸で何十人も敵国のスパイを殺してきたわ」

イヴは糸が絡みつく手のひらを突きつける。

「『蒼蝿』には生首でも届けてやるわよ」

そう笑った時、通信室に連絡が届いた。侵入者《しんにゅう》が研究室のある棟《むね》に到達《とうたつ》したらしい。

ちょうどいい。自分が暗殺してやろう。

軽薄《けいはく》な態度を見せているが、イヴに油断はなかった。拳銃《けんじゅう》を握りしめ、物音がすれば、動ける準備を整えていた。足音を殺して進み、敵の気配を確認した。

研究施設《しせつ》は無機質な空間となっている。最先端《さいせんたん》のリノリウムの床《ゆか》は、衛生的である半面、足音が響きにくい。

イヴはそっと糸を投げて、自身の支配圏《けん》を広げていった。当然糸の音はしない。照明は乏《とぼ》しく張られる糸は視認が不可能だ。

後は蜘蛛《くも》の巣《す》にかかる蝶《ちょう》を待てばいい。

指先に軽く振動《しんどう》が伝わる。

(捕《と》らえた……この重さからして、成人男性か)

糸を手繰《たぐ》って、縛り上げる。

やはり大した敵ではなかった。

イヴはほくそ笑《え》んで、獲物《えもの》を銃殺しようと糸を辿《たど》っていき――

「あぺ」

と喉《のど》から奇妙《きみよう》な声を漏《も》らした。

いつの間にか背後に男が潜《ひそ》んでいた。

男は煩《わずら》わしそうにナイフについた血を拭《ぬぐ》う。

イヴは、何が起きたのかも分からない。熱を感じて喉に触《ふ》れる。大量の血があふれ出ていた。喉を切られたのだ。

「なんだ、雑魚《ざこ》か」

男は呟《つぶや》いた。どこか気だるげに。

その光景が信じられなかった。イヴは確かに誰《だれ》かを捕《つか》まえたはずなのだ。

彼女が張った糸が一瞬《いっしゅん》で切られて、逆に襲《おそ》われたらしい。

「帝国も人手不足と見えるな。こんな奴《やつ》しか見張りに置けないなんて」

男はイヴの身体《からだ》が倒《たお》れる前に抱《だ》きかかえると、服を漁《あさ》った。得るものがないと見破られると、床に投げ捨てられる。

「お前程度に関《かか》わっている暇《ひま》はない。少し忙《いそが》しいんだ」

男はイヴにトドメを刺《さ》さなかった。

まるで興味をなくしたように駆《か》けだして、やがて視界から消えていった。

◇◇◇

「残り6人」

ギードの声が、夜の研究施設に冷たく響《ひび》いた。

「アネットちゃんっ……」

リリィの中で仮説が確信に変わる。

嘘《うそ》ではない。ギードの戦闘技術はクラウス級だ。最悪、それ以上かもしれない。罠《わな》を解除した彼の身体捌《さば》きは、どこかクラウスとも似通っていた。彼は間違いなくクラウスの師匠《ししょう》だ。

リリィは身を潜める。心臓がぐっと縮まる感覚に襲われていた。

この一か月間挑《いど》み続けても勝てなかった相手と同等以上の敵。しかも、既に一人欠けている。

リリィは、横たわる灰桃髪《はいももがみ》の少女に目を凝《こ》らした。

ギードの激しい一撃《いちげき》を受けた彼女の胸は微《かす》かに上下している。呼吸があった。

「まだ生きて——」

「殺すのは二流だ」

ギードの足元に、じゃらりと鎖《くさり》が落ちた。

拘束具《こうそく》だ。ギードはそれを灰桃髪の少女の四肢《しし》に取り付けて声をあげた。

「出てきな。十秒以内だ。過ぎれば一秒毎《ごと》にコイツの指をへし折っていく」

リリィは固く歯を食いしばった。

スパイの世界で人質《ひとじち》は姑息《こそく》ではない——いや、姑息の概念《がいねん》がない。

騙《だま》し討《う》ちが基本スタイル。迷わず人質を取る判断は、さすがとも感じる。

時間が流れて、リリィの頬《ほお》を汗《あせ》が伝う。

彼女は、物陰《ものかげ》に身を潜めている仲間と視線を合わせた。

「先生は、今ここにはいません……」

リリィが視線を飛ばした。

「わたしたちで助けましょう。他《ほか》にありません」

覚悟《かくご》を決める。

リリィはそっと配管の陰《かげ》から姿を現して、正面から強敵と向き合った。

「判断早いじゃねぇか」ギードが感心したように息を漏らした。

「よく褒《ほ》められますよ」

逆に言えば、他《ほか》に褒められないが——今は忘れておく。

背後から、黒髪の少女の囁《ささや》きが聞こえてきた。

——リリィが時間を稼《かせ》いでいるうちに作戦を整えましょう。

リリィは肩《かた》を回して、リラックスしている演技を見せる。

どうやら自分はここでギードの意識を引き付ける役割らしい。上等だ。

「だが、ミスだな」

相手も勝負を急がなかった。

「てめぇらは仲間を見捨てて、逃げるべきだった。捕まえられた人間はさっさと自死するべきだった。この世界は、仲良しごっこじゃ生き残れねぇぞ？」

「あいにく『人質は、傷ついた白鳥に似ている』としか教わっていないので」

「……オレはもっと丁寧《ていねい》に教えたけどなぁ」

ギードが首の後ろを撫《な》でた。

リリィは拳《こぶし》を握《にぎ》りしめて、敵を見据《みす》えた。

「全員で生き残るって決めたんですよ」

仲間を置いて逃走《とうそう》——なんて選ぶはずがない。

「先生と、わたしみたいな美少女が七人いて『灯《ともしび》』なんです。虹《にじ》だって七色、大罪だって七つ。七が完璧《かんぺき》なんです。色欲《しきよく》担当のティアちゃん、憤怒《ふんぬ》担当のジビアちゃん、強欲《ごうよく》担当のわたし……って大罪の配分的に」

暗がりから「誰が憤怒じゃ」と白髪《はくはつ》の少女のツッコミが入った。

こんな時でも凜然《りんぜん》としている。

それが心強くて、リリィはくしゃっと表情を和《やわ》らげた。

「八人でも六人でも気持ちが悪い。わたしたちは、七人一緒《いっしょ》に先生と帰るんですよ」

「それが甘いって言ってんだよ」

雑談はそれで終わりらしい。ギードは刀を逆手に握り替《か》えると、刃先《はさき》を人質に向けた。

拘束された灰桃髪の少女が呻《うめ》き声をあげた。

「かかってこい」

——このまま引き延ばすだけなら、人質を殺す。

言外にそう伝えていた。

「アナタが先生クラスの実力なら――」

他の少女に目配せをした。

「――今、ここで先生を超《こ》えてやりますよ」

この一か月でずっとやってきたこと。

圧倒《あっとう》的な強者に対して、弱者が連携《れんけい》して立ち向かう。

その成果を見せる時だ、と胸に刻む。

一度も達成できていないけれど、その方法を知っている。

――欺《あざむ》き倒せ。

何重にも嘘を張り巡《めぐ》らせて、0を1にも、1を5にも誤認《ごにん》させて、隙《すき》をつけ。

リリィのそばに赤髪の少女が歩み寄ってきて、そっと計画を耳打ちしてきた。リリィは同意代わりにウィンクをする。

少女の誰かが爆弾《ばくだん》をギードに投じて、それが開戦の合図になった。

煙幕《えんまく》。

暗がりに白い煙《けむり》が広がって、やがて消えていく。

ギードは身動き一つしなかった。落ち着いている。人質のそばから離《はな》れない。

煙が晴れる頃《ころ》には、少女たちは移動を終えていた。

飛び出したのは、二人。白髪の少女と蒼銀髪《あおぎんぱつ》の少女。

グローブと短刀をそれぞれ構えて、ギードを挟《はさ》み込み襲いかかる。戦闘《せんとう》技術ならば、少女たちのトップ2。ギードは彼女たちの猛攻《もうこう》を危なげなく刀で弾《はじ》いていくが、彼女たちもまた反撃を紙一重《かみひとえ》で回避《かいひ》していた。

白髪の少女は、当然巨大《きょだい》なリュックを下ろして応戦している。身軽になった彼女は、鋼《はがね》を仕込《しこ》んだグローブで刀を防いでいく。蒼銀髪の少女は、仲間が防いだ攻撃の隙をつくように器用に短刀を振《ふ》るった。

しかし、次第《しだい》にそれも押され始める。

ギードはまだ顔色一つ変えずに、戦いを楽しむ余裕《よゆう》が感じられた。それでも徐々《じょじょ》に少女たちが防戦一方となる。

「っ――」

白髪の少女が呻いたところで、別の少女が助太刀《すけだち》に向かう。

駆けつけた黒髪の少女は、再び、煙幕を放った。

辺りが再び煙に包まれて、その隙に、白髪の少女と蒼銀髪の少女が一度、退《ひ》いた。

「面倒だな」

ぽそりと呟きが漏れた。

彼は標的を変えると、人質から離れて駆け出した。対象は、黒髪の少女。

慌《あわ》てて彼女は後退するが、配管だらけの道を減速なく走るギードに追いつかれる。

配管の上で足を滑《すべ》らせた。

「しまっ……」

失態を嘆《なげ》く声がして、彼女は地面に落下した。

落下地点には、ギードが刀を握って待ち受けていた。

「もう逃《に》げられないな」

「……やめて」

黒髪の少女は振り絞《しぼ》ったような声を出す。目にいっぱいの涙《なみだ》をためて、地面に尻《しり》をつけたまま、情けなく後退する。身を守るように身体を捻《ひね》っているため、その凹凸《おうとつ》のあるラインが際立《きわだ》つ。

逃走の最中《さなか》に、どこか布を引っかけたのか。服が裂《さ》けて、太ももを露出《ろしゅつ》させていた。

彼女が尻を引き摺《ず》る度《たび》に布が裂けて、艶《なま》めかしい脚《あし》を覗《のぞ》かせていく。

「こないで……こないでよ……」

常に勇ましい彼女とはかけ離れた、弱々しい声だった。

「…………」

ギードの反応は冷ややかだった。

「敵に媚《こ》びを売る女狐《めぎつね》の目だな。それで男の嗜虐心《しぎゃくしん》を煽《あお》ってるつもりか？」

彼女はぴたりと嘘泣きをやめた。

「もう遅《おそ》いわ」

無数のピアノ線がギードを取り囲み、襲《おそ》い掛《か》かる。まるで蜘蛛《くも》の巣《す》のように編み込まれた罠の包囲は、既《すで》に終わった。

もちろん、彼ならば切り刻まれる前に脱出《だっしゅつ》できるだろうが――。

「――極上《ごくじょう》だ」

追い打ちを用意していた。

夜闇《よやみ》からふっと現れた男が頭上を取った。ピアノ線の網《あみ》の唯一《ゆいいつ》の出口へ、ナイフを構えて突《つ》っ込んでいく。

その男は、ギードであろうと無視できない存在のはずだ。

「これでチェックメイトだ、ギード――」

「オレが変装を見抜《みぬ》けないとでも？」

隙は生まれなかった。

突如《とつじょ》現れた偽《にせ》クラウスに一切動揺《いっさいどうよう》せずにピアノ線を切断。本物のクラウスには到底及《とうていおよ》ばない遅い攻撃を冷静に捌いて、その腕《うで》を摑《つか》んでみせる。

「くっ……」

クラウスに変装した少女が呻き声を漏《も》らした。

「見事な変装だが、アイツはオレを『師匠《ししょう》』と呼ぶぜ？」

ギードは偽クラウスの腕を力任せに振り回して投げ飛ばした。

投げ飛ばされた少女は途中《とちゅう》地面に頭を擦《こす》らせた。覆《おお》っていたマスクが剝《は》がれていく。しばらく転がったあと、彼女は一度腕をつき、途中で力尽《つ》きたように横たわった。

静淑《せいしゅく》に、『灯』の作戦を練った参謀《さんぼう》の赤髪の少女——グレーテが脱落する。

「残り５人」

ギードが赤髪の少女を拘束する。

その動作には、たった数秒。黒髪の少女が逃げるには不十分だった。

ギードは身を引く少女の顎《あご》を刀の峰《みね》で打つ。力いっぱい叩《たた》いたようには感じられないが、それで少女は意識を失ったように倒れた。

優艶《ゆうえん》に、チームをまとめあげた美しく大人びた黒髪の少女——ティアが脱落。

「残り４人」

そこで、ようやく白髪の少女と蒼銀髪の少女の戦闘組が追いついた。

ギードはその二人の少女の攻撃をかいくぐると、ガスタンクを駆《か》け上がり、まるで次の獲物《えもの》を探すように視線を回す。

隠《かく》れて状況《じょうきょう》を窺《うかが》っていたリリィと目が合った。

「さっきから二人のガキが、オレを追っているが」

刀の刃先を向けてくる。

「啖呵《たんか》をきったお前は、何をやってる？」

「…………」

リリィは駆けながら首を傾《かし》げた。

今のところ、立案も、指揮も、戦闘も、全部、他人にまかせっきりだ。

「…………応援《おうえん》？」

「良い性格してんな」

人には向き不向きがあるから仕方ない。

そう主張したいところだが、あいにく時間はなかった。

ギードは次のターゲットをリリィに定めたらしい。天から降ってくる雷《かみなり》を思わせるスピードで、リリィに迫《せま》ってきた。

避《さ》ける動作に入れない。

彼の美しいまでに無駄《むだ》のない飛び蹴《げ》りは、彼女の肩を射貫《いぬ》いて——。

「根性《こんじょう》っ！」

——リリィは気合いのみで、その足を摑んだ。

もちろん彼女にできるのは応援だけでない。彼女には唯一無二の武器がある。

彼女の全身から毒ガスが放出されるっ！

「ガス……？」

ギードが一瞬《いっしゅん》目を丸くしたあとで口を閉じた。

リリィはギードの足を抱《だ》きかかえて叫《さけ》んだ。

「今ですっ！」

その直後には振り払《はら》われるが、もう使命は果たしていた。

ギードが身体《からだ》をふらつかせる。

三度目となる戦闘に長《た》けた少女二人の特攻。白髪の少女が凜然と「いい加減くたばれ」と飛び掛かり、蒼銀髪の少女は不遜《ふそん》に薄《うす》い笑《え》みを浮《う》かべて短刀を突き出した。

勝負は一瞬でついた。

リリィの予想とは真逆の形で——。

「残り3人」

まず、刀の峰で顎を打たれた白髪《はくはつ》の少女が倒れていく。

「残り2人」

次に、彼の回し蹴りの餌食《えじき》になった蒼銀髪の少女が配管に叩きつけられた。

凛然《りんぜん》と、常に物怖《ものお》じしない発言でチームを引っ張ってきた白髪の少女——ジビア、

不遜ながらも、優秀《ゆうしゅう》な働きで成果をあげ続けた蒼銀髪の少女——モニカ。

二人の少女が脱落する。

——ふざけんな。

リリィもまた走り出していた。

仲間二人を目の前で殴《なぐ》られて激怒《げきど》していた。なによりも、この千載一遇《せんざいいちぐう》のチャンスを逃《のが》す手はない。自分の毒が通じないはずがないのだ。

ギードは感心したような視線をリリィに向ける。

「お前は特異体質か？　この麻痺《まひ》毒の中で動けるなんて」

「アナタは動けないでしょうけどね！」

決めつけて、ナイフを掴んだまま体当たりをかます。

しかし、危《あや》うげなくリリィのナイフを止めてみせる。

その動きには何の遅《おく》れもない。

「嘘《うそ》……」リリィは愕然《がくぜん》とした。「わたしの毒が通じないなんて……」

この十八番《おはこ》の毒は、クラウスでさえもその動きを一時止めた毒なのだ。

どうして平然としていられる？

「あー、通じたよ。すぐ口を閉じたが、正直かなりキツい。ほら指先が痺《しび》れている」

ギードは見せつけるように、手を振って、その後で固く握《にぎ》りしめる。

「で――それだけでオレに勝てるとでも？」

「リリィ先輩《せんぱい》、逃げるっす！」

その時、背後から声が聞こえてきた。

涙目となっている少女が一人飛び出してきて、ギードの背後から飛び掛かる。

「自分が時間を稼《かせ》ぐ間に――」

「黙《だま》れ」

彼女が言葉を言い切る前に、彼女もまた刀の餌食となる。その神速の太刀《たち》の前には、数秒と闘《たたか》うことさえできない。

気弱に、誰《だれ》よりも危機感を抱《いだ》いた心配性の茶髪の少女——サラは、あえなく脱落した。

「残り1人」

逃げるか、立ち向かうか。

その一瞬の逡巡《しゅんじゅん》さえ命取りだった。

彼女の足が前に動いた瞬間には、ギードは鼻先に移動していた。

拳《こぶし》が、リリィの腹に深く突き刺《さ》さる。

「これで終わり」短く彼は宣告する。

一か月間、彼女たちは努力を積んできた。

訓練は裏切らない。確実に強くなり、一月《ひとつき》前よりも飛躍《ひやく》的にレベルアップを果たした。

クラウスに見込《みこ》まれた才能を開花させていた。

しかし——たった一か月。

ギードは、二十年以上スパイの第一線で生き抜いてきた。訓練を怠《おこた》った日はなく、実戦の経験は少女たちの何十倍も積んでいる。

その結果が出たに過ぎない。

端的《たんてき》に言えば——相手にさえもならなかった。

「残り0名」

厳《おごそ》かな宣告が耳に残る。

リリィは膝《ひざ》から崩《くず》れ落ちた。

◇◇◇

クラウスは駆けていた。

気になっていたのは、先ほど耳にした爆発《ばくはつ》音。

焦燥《しょうそう》感を抱いて、一秒でも早く研究所を駆けていく。

——急がなくてはならない。

——自分は二度と仲間を失うわけにはいかないのだから。

クラウスは窓ガラスを蹴り破って、一度、施設《しせつ》外へ飛び出した。三階だった。ワイヤーを飛ばして、隣接《りんせつ》する棟《むね》の屋根に引っ掛けると、その窓を蹴破って内部に侵入《しんにゅう》する。派手な移動は好まないが、仕方がない。ショートカットだ。

あの少女たちが、一流のスパイと闘ってどれだけ持ちこたえられるか。

いや、敵が一流のスパイ程度ならまだいい。

(もし彼女たちが闘っているのが、あの男ならば……)

彼女たちを救うためには、早く動くしかない。

最悪の可能性を想定していると、足はより速く動いていく。

しかし、それを阻《はば》むように大きな扉《とびら》が廊下《ろうか》を塞《ふさ》いでいた。金属製の扉。クラウスはピッキングツールを取り出して、扉に駆け寄っていく。しかし、その扉には鍵穴《かぎあな》らしきものがなかった。

背後から低い声がした。

「その扉は開かない。貴様のピッキング技術は関係ない。ただの壁《かべ》だ」

振《ふ》り返ると、一人の中年男が立っていた。出《い》で立ちから、熟練した工作員と察せられる。彼のそばには四人の軍人が並んでいる。

また新たな邪魔《じゃま》が入ったらしい。

クラウスは扉を蹴り上げてみるが、ビクともしなかった。足に伝わる振動《しんどう》から察するに本当に壁らしい。

中年男が誇《ほこ》らしげに口にする。

「貴様は最短ルートでガスタンク保管所に行きたいんだろう？　部下を助けに」

「ふうん、僕の性格を知っているのか？」

「ある方から聞いている。そして、貴様らの行動は全《すべ》て我々の手中だ」

何がおかしいのか、彼は高笑いをした。

「貴様の部下が手に入れた地図は偽物《にせもの》だ。ここは行き止まりだ」

「………」

「ここが罠《わな》だと今更《いまさら》気が付くとはな。愚《おろ》かな男だ」

相手は、やれやれ、と肩《かた》をすくめた。

それから再び高笑いをした。

「無様だな」

耳障《みみざわ》りな声だった。

「貴様は教官も兼《か》ねていたのだったな。貴様の教え子は、滑稽《こっけい》だったぞ。我々帝国《ていこく》に全て把握《はあく》されているとも気づかず、偽の情報を手にして喜ぶ姿は。スパイごっこはさぞ楽しかっただろう」

「………」

「あの教え子たちは、そもそも養成機関の落ちこぼれだそうじゃないか。劣等生の付焼刃《つけやきば》で我々を欺《あざむ》けるとでも夢見たか？」

「…………」

「その指導力不足を悔《く》いるといい」

扉を模《も》した壁の前には窓がなく、完全に行き止まりだった。

中年男の横に並ぶ軍人が一斉《いっせい》に短機関銃《きかんじゅう》を向けた。何もない一直線の廊下にもっとも効果的な武器。

彼は右手を掲《かか》げ、冷酷《れいこく》な宣告を下そうとした。

「さぁ、さっさと死――」

「お遊びをする暇《ひま》さえないな」

情報を洩《も》らすことを期待していたが、男が吐《は》くのは的外れな罵倒《ばとう》ばかりだった。相手にする価値もない。

中年男と軍人が立つ足元――そこが、大きく火を噴《ふ》いた。

閉鎖《へいさ》された廊下で放たれた炎《ほのお》は空間を埋《う》め尽《つ》くし、逃《に》げる間を与《あた》えず、男たちを包んだ。

事前に限界まで距離《きょり》を取り、防火加工が施《ほどこ》された背広を身体の前に広げるクラウスだけが、その爆風から逃れる。

炎は一瞬で消えたが、軍人たちは意識を失っていく。

仲間を盾《たて》にした中年男だけが生き延びたようだ。身体に張り付く炎に悲鳴をあげながら、クラウスを睨《にら》みつけている。

「ば、爆弾《ばくだん》だと……？」

「罠にかかったのは、わざとだ」

背広を着直して、クラウスは息をついた。あまりに呆気《あっけ》なさすぎる。

中年男は信じられないものを見るように目を見開いている。

「おかしい……イヴの糸といい、なぜ貴様は罠を察知できる……？」

「なんとなく——と答えてもいいのだがな。まぁ、ちょっとした工夫《くふう》だ」

「弱小国の工作員風情が……」

男は後ずさりを始めた。しかし、すぐにつまずいて体勢を崩した。爆風のせいで足を損傷しているようだ。

「こ、ここを凌《しの》ごうと、貴様はどうせ死ぬだけだ」

唾《つば》を飛ばして、男が喚《わめ》いた。

「未熟な部下共々、『蒼蠅』に惨殺《ざんさつ》されるといいっ！」

威勢《いせい》が良いことだ。ここまで完敗してまだ喚けるとは。

しかし、そんな戯《ざ》れ言《ごと》に感心する余裕《よゆう》はなかった。

「あまり吠《ほ》えるな」

一本の武器を取り出して、男に詰《つ》め寄っていく。

「ひっ……」

「これからの作業は得意じゃないんだ。僕の感情を逆撫《さかな》でするな」

男の表情が一瞬《いっしゅん》で青白く染まっていく。

クラウスが取り出したそれは、太く、どす黒く、そして、まともに切れないほど刃毀《はこぼ》れした——拷問《ごうもん》用のナイフだった。

◇◇◇

リリィを討《う》ち果たした後、やれやれ、とギードは息をついた。

（あまりに呆気ないな……数分も保《も》たなかったか）

不思議だった。彼女たちは本当に自分に勝てると信じていたのか。一か月クラウスを襲《おそ》い続けても歯が立たないのに、その師匠《ししょう》である自分相手にどんな勝算があったのか。

打ちのめした少女たちに向けて手錠《てじょう》を投げていく。手錠は彼女たちにぶつかると、生き物のように四肢《しし》に纏《まと》わりつき、拘束《こうそく》した。縛《しば》らなくても動けないだろうが、念を押す。

リリィに向かって手錠を投げようとしたところで、通信機が鳴り始めた。

《『蒼蠅』、そちらはどうですか？》

仲間からの呼びかけだった。

耳に馴染《なじ》まないコードネームを不快に思いつつ指で手錠を回した。

「大体終わった。侵入者の大半を行動不能にして、捕縛《ほばく》中」

《さすがですね》

「クラウスは見つかったか？」

《五分程《ほど》前。仲間がB棟で発見しましたが、逃げられたようです。脅迫《きょうはく》されて情報を全て喋《しゃべ》った可能性が高いですね》

目を見開く。

潜入《せんにゅう》中のクラウスの動きは逐一《ちくいち》報告させているが、予想よりずっと早く行動している。

見張りの軍人共では追い切れないようだ。

(ここに到着《とうちゃく》するまで、後七分……いや、五分か)

襲われても勝てる自信はあるが、慢心《まんしん》ほど危険なものはない。

彼の実力と才能はよく知っている。

「……さっさと全員動けないようにしておかねーとな」

ギードは仕上げに、倒《たお》れる少女へ手錠を投げた。

「っりゃぁ！」

その手錠が弾《はじ》かれた。

視線を移すと、一人の少女が自分を睨みつけている。

銀髪《ぎんぱつ》の少女——仲間からはリリィと呼ばれていたか。

「訂正《ていせい》……残り1名のままか」

カウントダウンを改めて、ギードは言葉をかけた。

「抵抗《ていこう》すんな。動くたびに身体《からだ》が悲鳴をあげるはずだ」

彼女の肝臓《かんぞう》を正確に撃《う》ち抜《ぬ》いた。ピンポイントに当てると、血流が肝臓に集まって、全身の体力を一気に奪《うば》う。虚脱《きょだつ》状態で無理に身体を動かせば、筋肉に凄《すさ》まじい負荷がかかるはずだ。

「……わたしたちを殺さないんですか？」

「あ？　殺さない」

ギードは手を小さく振った。

「心配すんな。今すぐ殺す気はないから安心して寝《ね》てろ」

「──じゃあ、猶更《なおさら》寝ている訳にはいかないですね」

　すると。

　リリィは覚束《おぼつか》ない足取りで立ち上がり始めた。上半身を大きく揺《ゆ》らして、起き上がろうと膝《ひざ》を伸《の》ばしていく。途中《とちゆう》転ぶが、めげずに再度立とうと試みる。

「どうして起き上がる？　お前じゃオレに勝てねぇよ」

「アナタの狙《ねら》いが分かりました……」

　リリィは白い歯を見せる。

「先生なんですね？　狙いは、最初から……」

「ん、正解だ」

　拍手《はくしゆ》を送った。

　嫌《いや》みではなく、素直《すなお》な賛辞だった。

「その通り。帝国にとって生物兵器と同じく重要事項《じこう》なんだよ」

　もちろん、最強の抑止力《よくしりよく》となる『奈落《ならく》人形』は絶対に死守するよう厳命されている。帝国の政治家にとって、軍事力は権力を支える力だ。戦争自体は効率が悪くとも、戦争を仄《ほの》めかして敵国を脅迫する行為《こうい》は今なお重宝される。

　しかし、情報機関にとっては、生物兵器より余程《よほど》脅威《きようい》となる存在がいる──。

「教えておくよ。『焔』が壊滅《かいめつ》した日、別任務にいたアイツも死ぬ予定だった」

当日のクラウスが別の場所にいたのは、ギードの慈悲《じひ》ではない。

あの男だけは個別に罠にかけなければ殺せない――どころか、『焔』のメンバーを救出しかねない。そう判断したからだ。

「なのに生き延びた。帝国のスパイを何人も返り討ちにしてな。帝国から見れば、最優先抹殺《まっさつ》対象なんだよ。アイツは――」

誰《だれ》もが暗殺を確信した状況《じょうきょう》でも、あの男は生き延びた。

人間とは思えない。クラウスはギードを『化物』呼ばわりするが、ギードにとっては、クラウスはそれ以上の人外だ。

帝国にとって危険すぎる存在だ。

「だが、終わりだ。師匠のオレが断言する。いくらクラウスでも今回は確実に死ぬ」

そのための準備は完璧《かんぺき》に整えた。

ギードは拳銃《けんじゅう》を空に向かって撃った。銃声が夜空に響《ひび》き渡《わた》る。おそらく、この音はクラウスの耳にも届いているはずだ。

「アイツは銃声や爆発音を聞きつけて、ここにやって来る。仲間を七人も人質《ひとじち》に取られた状況で、オレに挑《いど》みに来る。戦闘《せんとう》では絶対勝てない相手に、不利な条件で勇ましく立ち向かい——命を落とすのさ」

その説明に、リリィは笑った。

「はは、本当に来ますかね……？　案外、わたしたちなんか見捨てて——」

「来るんだよ、あのバカ弟子《でし》は」

それだけは。

師匠である自分が断言できる。

「仲間を絶対に見捨てない。全《すべ》てをなげうって、どんな罠《わな》でもかいくぐって、必ず仲間の下《もと》に辿《たど》り着く——オレの弟子は、そんな男だよ」

騙《だま》し合いの世界においても、自分の正義を曲げない。

少女を見捨てて生き延びるくらいなら、命を懸《か》けて救助を優先させる。

「ですよねー、あはは、なんか分かります。絶対来そうですね」

リリィは息をつきながら空を仰《あお》いだ。

「——で、きっと、わたしたちを庇《かば》って死ぬんです」

「アイツは仲間を想《おも》いすぎる。その弱点を衝《つ》けば、案外あの男は攻略《こうりゃく》できるさ」

「うわぁ、詰んでますねー。先生が来れば先生が死んで、先生が来なければわたしたちが殺される。絶望的！」

へへ、と少女は顔をほころばせた。

「だとしたら、やっぱり、わたしが立ち向かわないと」

そう言って。

リリィは膝を震《ふる》わせて、懸命《けんめい》に立ち上がった。

「先生がここに来て殺されるなら、ほら、その前に、わたしが倒さないと」

「無理だって気づいてんだろ？」

ギードは手にしたナイフを軽く放《ほう》り投げる。

リリィはそのナイフを弾くが、バランスが崩《くず》れて再び倒れる。まだ足に力が戻《もど》らないらしい。

「てめぇに勝ち目はねぇ。どうして立ち上がる？」

鼻で笑う。

現実の見えない少女の特攻《とっこう》を、若気の至りと褒《ほ》める感覚はない。あるのは嘲《あざけ》りだった。

「居心地《いごこち》がいいから」

リリィがぽつりと言った。

「……なんだそれ？」

「わたしが頑張《がんば》る理由ですよ」

彼女の声に力が入り始めた。

「アナタには分からないでしょうね。毎日みんなで先生打倒《だとう》の作戦を練った楽しさを。反省会で本気でケンカし合った夜を。この仲間と一緒《いっしょ》に過ごすなら、もっとリーダーとして頑張りたいなと思えた情熱を――仲間を裏切ったアナタに理解できるはずがありません」

リリィは立ち上がって、唾《は》を吐き捨てた。

「可哀想《かわいそう》な人め」

「…………」

挑発《ちょうはつ》のつもりか。

彼女の瞳《ひとみ》には、蔑《さげす》みの感情が色濃《いろこ》く滲《にじ》んでいる。

もちろん、その程度の戯《ざ》れ言《ごと》にいちいち腹を立てなかった。自暴自棄《じぼうじき》になったスパイの負け惜《お》しみにいちいち耳を貸す必要はない。

「可哀想なのは、てめぇらだ」

ギードはせせら笑った。

「居心地がいい？　そうだろうさ。落ちこぼれが集まって、傷を慰《なぐさ》め合って、豪華《ごうか》な洋館で暮らせばさぞ幸せだろう。守りたいだろうよ。けどな、その慣れ合いの結果が、全員人質に取られて、クラウスの足手《あしで》纏《まと》いになった現実じゃねぇか」

まだ分からないのか、と不愉快《ふゆかい》に感じていた。

彼女たちが身を滅《ほろ》ぼしたのは、温《ぬる》い仲間意識なのに。

一度しまった刀を握《にぎ》りしめた。

「終わりだよ」

峰《みね》を用いて、リリィの腹を思いきり打ち上げた。彼女の防御《ぼうぎょ》が間に合うはずもないスピードだった。

彼女は配管に背中をぶつけて、口から血を吐き出した。

「見とけや。落ちこぼれの馴《な》れ合いの結末を。仲間のため殺される男の最期《さいご》を」

「っ……」

リリィが虚《うつ》ろな声で口にする。

「先生、ダメ……殺されちゃう……来ないで………」

「だから来るんだよ。あの男は」

仲間を見捨てられず、敵に勝てる状況でないと察しても逃《に》げない。任務よりも仲間の命を優先させる、スパイとして致命的《ちめい》に不器用な男。

そろそろ通信を受けてから五分が経《た》つ。

いたいけな少女を放って、あの男はどこで道草を食っているのか。

あるいは様子を窺《うかが》っているのか。

「もったいぶってないで、さっさと来いよ……バカ弟子め……」

こんな少女を一人で戦わせておいて。

「どうせ近くにいんだろ? 早く来い………てめぇの敵はここにいるぞ！」

無性《むしょう》に憤《いきどお》りを感じていた。

あの男は――自身が拾い、育てあげた男は、これほど愚鈍《ぐどん》な男だったか。

「てめぇの家族を殺した男は、ここにいるぞ！」

闇夜《やみよ》に轟《とどろ》く音量でギードは声を張り上げた。

「超《こ》えるべき師匠《ししょう》がいるぞ！」

もう一度声を張り上げる。

「教え子が命張ってんだぞ！」

声がタンクに反響《はんきょう》する。

しかし、それ以上の音は聞こえない。

高慢《こうまん》な声も、忍《しの》び寄る足音も。

おかしい。

とっくに五分は経過しているはずだが――。

「──どうして、アイツは現れない？」

「ギードさん、ところで……」

リリィが声を漏《も》らす。

ギードは少女を見下ろす。

そして、背筋が寒くなった。

少女は、涙《なみだ》ぐむ表情が消え失《う》せて、寿命《じゅみょう》を宣告する死神のような、不気味で、乾《かわ》いた目をしている。

分からない。

クラウスが来れば、クラウスが死ぬ。

クラウスが来なければ、少女が死ぬ。

彼女たちには絶望的な状況のはず──。

「──このお遊びには、いつまで付き合えばいいんです？」

どうして少女は——笑っているのか？
その時、通信機に声が届いた。
《——極上《ごくじょう》だ》
聞き間違《まちが》えるはずがない。
それは第一通信室——つまり、研究室すぐ横の部屋から届いた音声。
クラウスは少女たちの救助に行かず、任務を優先させていた。

◇◇◇

任務直前、決起会の夜——。

クラウスは、解散の後でリリィを部屋に呼びだした。なぜか頰《ほお》を赤らめている彼女の顔を見て、誤解を察したが、面倒なので無視し、

「お前には、最も危険な仕事を頼《たの》みたい」

と伝えた。

リリィは戸惑《とまど》って、例によって調子に乗った素振《そぶ》りだったり惚《とぼ》けた発言をしたりしたが、最後には「仲間のためになるなら」と了承《りょうしょう》した。

その純粋《じゅんすい》な仲間に対する愛情は危険とも感じたが、彼女の魅力《みりょく》の一つだった。

その彼女に期待をして小声で告げる。

「おそらく僕たちは帝国《ていこく》に泳がされている」

「へ？」

「事前に伝えたが、陽炎《かげろう》パレスの会話は盗聴《とうちょう》されている。動きは大方把握《はあく》されているだろう。お前たちがかき集めた情報は、敵が予《あらかじ》め用意したダミーだ。今すぐ燃やしてもいい」

「え、わたしたちの頑張った意味は？」

「ない」

「断言っ！」

リリィが悄然《しょうぜん》と肩《かた》を落とした。

かなりショックを受けたようだ。

「厳しい話をすれば、未熟なお前たちが一か月努力した程度で、一流のスパイに勝《まさ》ることはできないさ。しかも、僕の雑な授業で」

彼女たちの成長は認める。しかし、養成機関で落第寸前だった彼女たちが、途端《とたん》に、一流のスパイたちと競えるレベルに達することはない。これればかりは仕方がない。

リリィは哀《かな》し気に頭を抱《かか》えている。

「今更《いまさら》、そんな正論を言われても……」

「だが、それでいいんだ。僕たちは無知のフリをして潜入《せんにゅう》する」

「それで、どうやって生物兵器を回収する気です？」

「何も知らないと見くびっている敵は、僕を罠に嵌《は》めるだろう。事前にそれが予想できれば対処もできる。僕は接触《せっしょく》してくる敵を返り討《う》ちにして、逆に情報を奪《うば》う」

「それ、先生が無茶苦茶大変なような……」

事実であるが、それも仕方がない。

幸い、この一か月間自分は少女からの罠《わな》を受け続けてきた。準備運動としては十分だ。

「お前たちは、ある敵を欺《あざむ》いてほしい」

「ん、陽動ってことですね？」

「そうだ──弱者を装《よそお》い、隙《すき》をつく。それがお前たちの真の任務だ」

結局のところ、彼女たちを集めた理由も、鍛《きた》え上げた理由も一言に尽《つ》きる。

あの男が裏切者だった場合、独力では成し遂《と》げられない。

「うーん、ちょっとよく分からないんですがぁ」

作戦の詳細《しょうさい》を伝えると、リリィは指を頰に当てて小首をかしげた。

芝居《しばい》がかった、あざといポーズ。

「つまり、わたしたちを嘲って陰《かげ》でバカにしてやがる帝国のスパイの鼻面《はなづら》に、一か月間練り上げた嘘《うそ》と努力とチームの絆《きずな》を全《すべ》てつぎ込んで、ドでかい一撃《いちげき》をぶつけて、ざまぁみろって言ってやればいいんですか？」

彼女は唇《くちびる》の端《はし》を曲げた。

「なんだか——無茶苦茶、気持ちよさそうですね」

その強《したた》かで図太いメンタルの彼女だからこそ信頼《しんらい》できる。

クラウスは告げる。真摯《しんし》に、力強く。

「欺き倒《たお》せ。僕たちの騙《だま》し合いの成果を示せ」

◇◇◇

《聞こえるか、師匠……？　久しぶりだな》
弟子《でし》の声が聞こえてくる。
通信機に灯《とも》るランプを見て、ギードは通信先を知る。

（第一通信室……？）

研究所南端《なんたん》にある生物兵器そばの一室だ。ギードの場所からは、遠く離《はな》れている。クラウスに制圧されたか。

《たった今、生物兵器を確保したところだ。そう報告しておくよ》

クラウスが、記憶《きおく》通り、感情に乏《とぼ》しい淡々《たんたん》とした言葉で伝える。

第一通信室という情報を知った瞬間《しゅんかん》から、その事実は予想していた。驚《おどろ》きはない。

問題は、この男が少女たちの救助よりも先に、研究室に向かった事実だ。

「まさか、お前が仲間の命よりも任務を優先するとはな。驚いたよ」

率直《そっちょく》に感想を伝える。

ギードは、クラウスが迷わずここに辿《たど》り着くと読んでいた。

予想外――だが、対処できる範囲《はんい》内でもある。

「五分以内にオレのところに来い。来ないならば、少女たちを順番に殺していく」

結局、少女の命を預かっている以上、形勢は変わらない。

確実にクラウスはやってくる。そして、死ぬ。

《いや――》

クラウスは言った。

《——僕は、行かない》
「は？」
耳を疑った。
間抜《まぬ》けた声が口から洩《も》れた。
《任務は達成した。僕はこのまま帰る。駆《か》けつけたところで、戦闘《せんとう》でアナタに勝てるはずがないんだ。自分の命を最優先するさ》
まるで世間話でも終えるように。
淡々とクラウスは説明する。
《「教え子の危機」や「敵は裏切者」や「死んだはずの師匠」やら、まぁ、よくここまでお膳立《ぜんだ》てができるものだと感心するが、残念だ。僕とアナタが闘《たたか》うことはない》
「……何を言っている？」
《アナタは生物兵器の保守も僕の殺害も失敗した。それ以上でもそれ以下でもない》
相手が普通《ふつう》のスパイならば、それは正しい判断だ。仲間を切り捨て、任務の達成を重視するべきだ。
だが、相手はその結論を絶対に下さない男——。
クラウスは仲間を見捨てない。だからこそ組んだ計画だ。

「二度も言わせるな。五分以内に施設《しせつ》西に来い。来ないならば、少女たちを殺す」

《二度も言わせるな。僕は行かない》

「少女を――仲間を、見捨てるのか？」

《その通りだ》

「帝国は、捕縛《ほばく》した彼女たちを迷わず拷問《ごうもん》にかけるぞ？」

《おすすめは腹パンチだ》

もはや不気味だ。

この焦《あせ》りのなさはなんだ？

仲間の命の危機が迫《せま》った状況《じょうきょう》で、どうして余裕《よゆう》を見せられる？

冷たい汗《あせ》が背中を伝う。

陽炎パレスの会話は部下が盗聴している。共同生活四日目、クラウスは『お前たちを死なせない』と少女に誓《ちか》った。その約束が嘘だったとでも？　少女を騙し、死地に送り込んだとでも？

いいや――そんな決断をあの男が選ぶわけがない。

誰《だれ》よりもクラウスを知っている自分だから断言できる。

《ただ、師匠《ししょう》、アナタは大きな思い違いをしている》

「ん？」
混乱の中、乾いた土に水が染《し》み込むようにクラウスの言葉が脳に入り込む。
《僕は、『焔』のメンバーの裏切りを想定していた。その一人がアナタとは驚いたが、誰かが裏切り『焔』が壊滅《かいめつ》したと確信していたさ》
「証拠《しょうこ》はねぇだろ。どうして分かった？」
《なんとなくだ》
「……お前の無能ぶりを忘れてたよ」
《強《し》いて理由を述べるなら、アナタが仕掛《しか》けた盗聴器を見つけたからだろう。それに、『焔』の優秀《ゆうしゅう》なスパイたちが全滅するなら、内部の裏切りしか考えられなかった》
盗聴器を、見つけていた？
それを意味することは、つまり――。
《だから、僕たちの行動は全て「裏切者の盗聴」を前提としていた》
「行動全て……」
《例えば、こんなルールがある。「特別な能力は必ず陽炎パレスの外で使用すること」》
はっと思い出した。
盗聴を請《う》け負った部下いわく、少女たちは初めて洋館に訪《おとず》れた時に戸惑ったという。

『ルール㉗ 外出時に本気を出すこと』という奇妙《きみょう》な文章で。

《少女の一人が毒使いと、アナタは知らなかったはずだ》

「……っ」

《そう、アナタは、少女たちの能力を把握しているようで、まったく知らない。いくらアナタでも「養成学校の極秘《ごくひ》の天才」を知っているわけがないんだ》

クラウスは、大きく声を張り上げる。

高らかに、自分の優越《ゆうえつ》を誇示《こじ》するように。

《つまり、僕が行くまでもない。断言しよう。アナタは少女たちに負ける》

「は？」

《アナタでも勝てないさ。彼女たちは僕を超《こ》える天才ばかりだ》

発言の全てが理解できなかった。

クラウスは、少女を見捨てる。少女たちは、ギードを打ち倒す。

無茶苦茶だ。夢物語にしか聞こえない。

視界では、リリィが余裕げな笑《え》みを湛《たた》えている。

「……はは、時間稼《かせ》ぎは終わりですね」

「時間稼ぎ……？」

「そろそろ本気の本気の本気。共和国の眠《ねむ》れる麒麟児《きりんじ》、リリィちゃんの覚醒《かくせい》ですよ」

今まで手を抜いていた、とでも言いたげに。

少女はもう一度、立ち上がろうとする。何度も打ち負かされているにもかかわらず。

その強い執念《しゅうねん》はどこから来るのか。

「……なにが『養成学校が極秘とする天才』だ。オレがお前を知らないのは、単に落ちこぼれだからだろ？　成績優秀者は全員把握している」

「そ、そんなことないですよ……？」

落ちこぼれらしい。

クラウスの言葉は嘘だろう。彼を超える化物が七人もいてたまるか。

（……だが、分からない。この少女には勝ち目がない。なのに、どうしてバカ弟子は助けに来ない？）

駆け引きのつもりか？　いや、策があるとみて間違《まちが》いない。

だが——奇策《きさく》程度で自分に勝つ気なのか。

「第二通信室……」別の通信室に繋《つな》いだ。「クラウスからの通信は第一通信室で間違いないな？」

《ええ、そうです。クラウスは通信兵を気絶させて、第一通信室を占拠《せんきょ》しています。部屋

の前に駆けつけましたが、動く気配はありません》
通信室に配置した工作員が語る。
《クラウスは……アナタと程遠《ほどとお》い場所にいます》
「どういうことだ……」
救援《きゅうえん》もない。小細工が通じる実力差ではない。
可能性は二つ。
一、リリィが、ギードも把握《はあく》していないディン共和国の極秘の天才である。
二、あるいは、クラウスが少女たちを見捨てている。
前者は違う。闘えば分かる。実力を認める部分はあるが、まだ粗《あら》だらけだ。

ならば、後者か？　だが、あれだけ仲間を大切にし、守り抜いた男が？

「あのバカ弟子は……変わっちまったのか……？　仲間を助けずに――」

「――助けなんかいらねーですよ」

ギードの言葉を遮《さえぎ》って。

リリィは冷ややかに微笑《ほほえ》む。

「いつまでわたしを、結局助けてもらう系お姫《ひめ》様ヒロインと錯覚《さっかく》してやがるんですか。わたしは、生意気で、強かで、かっこいい、美少女リーダー様ですよ？」

勇ましく彼女は二本の足で立っていた。

「この『灯』で見つけたんですよ。落ちこぼれのわたしが咲《さ》き誇《ほこ》れる方法を。だから、わたしはリーダーとして、チーム全員の力をアナタに叩《たた》き込んでやります！」

言葉が揺《ゆ》るがない。

追い詰《つ》められた状況でも、強い意志を瞳《ひとみ》に湛えている。

「落ちこぼれが調子に乗るなよ……」

「舐《な》めていると痛い目を見ますよ？」

リリィは両腕《りょううで》を大きく広げた。

「コードネーム『花園《はなぞの》』――咲き狂《くる》う時間です」

スパイとしてどうかと思うぐらいに堂々と名乗りを上げる。

変化は顕著《けんちょ》だった。

彼女の身体《からだ》から花が咲くように、ボコボコと物体が生まれていく。

「泡《あわ》――？」

ギードは呻《うめ》く。

リリィの身体から放出されたのは、大量の泡だった。

裾《すそ》から、襟《えり》から、ボタンの隙間《すきま》から、スカートの下から。

服のありとあらゆる隙間からシャボン玉が発生して、リリィの周囲に落ちていく。地面に落ちた泡は、簡単には弾《はじ》けない。配管やタンクに纏《まと》わりつくように、張り付いていく。

見るだけで忌避《きひ》の感情を催《もよお》す、毒々しい紫色《むらさきいろ》。

ぼこぼこと耳障《みみざわ》りな音を立てて、リリィの泡は広がる。

瞬《また》く間《ま》に辺り一面が彼女の泡で覆《おお》われていった。

「まぁ、毒ガス程度だったら、先生にも一度攻略《こうりゃく》されている訳ですしね」

「あ？」

「一か月かけて辿《たど》り着いた新境地。わたしの特異体質を活《い》かした毒泡《どくあわ》ですよ」

特異体質——それは我が身で体験していた。

彼女は、強力な麻痺《まひ》ガスの中でも自在に動くことができる。

すぐに反応しなければ危《あや》うかった毒でも、彼女は平然と動いていた。

彼女は毒に対して抵抗《ていこう》がある。

リリィが小さく舌を出した。

「この毒泡——どれくらい強力だと思います？」

歌を口ずさむような軽《かろ》やかな口調で、リリィは尋《たず》ねてくる。
やはり毒の泡か。
次々と増えていく泡を観察し、ギードは後ずさりした。
(ハッタリも交えているだろう……)
冷静に判断する。
わざわざ特異体質を明かす必要などない。
(……だが、もし毒の威力《いりょく》が一撃必殺レベルだとしたら？)
怯《おび》えではない。スパイは常に考えうる限りのパターンを想定する。
リリィはその正体不明の泡を構えて、挑戦《ちょうせん》的な笑みを湛えている。
恐《おそ》れは見えない。
実力差を認めながら、クラウスの助けに期待せず、なお、堂々と歯を剝《む》いている。
やはり彼女は落ちこぼれでなく、天才なのか？
孤立無援《こりつむえん》の状況で、一体これだけ余裕を見せられる人間が存在するのか？
瞬時《しゅんじ》に思考を巡《めぐ》らせて、覚悟《かくご》を決める。
「バカ弟子《でし》、まだ聞こえるか？」
《なんだ？》

「てめぇには見えねぇだろうが、動ける少女はリリィだけだ」

《十分すぎる戦力だな》

クラウスの声にも自信が滲《にじ》んでいる。

（分からない……）

この時初めて、ギードは焦りを抱《いだ》いていた。

（悔《くや》しいが、アイツの言う通りだ……彼女の耐性《たいせい》がどの程度かを知らない……）

別のスパイならば、いくらでも余裕が持てた。

ディン共和国の他《ほか》のスパイならば、あるいは、養成機関の成績優秀者ならば、全《すべ》ての情報を頭に入れている。そうでなくとも、男スパイの養成機関の問題児ならば、男性のギードの耳に届くこともある。戦略はいくらでも想像できる。

唯一《ゆいいつ》の盲点《もうてん》なのだ――女スパイ養成学校の劣等《れっとう》生なんて。

「いや、関係ねぇ……どんな策でも正面から打ち破るだけだ」

情報が不足した修羅場《しゅらば》でも、これまで戦い抜《ぬ》いてきた。

全身の力を抜いて、リリィを待ち構える。

彼女を人質《ひとじち》にしてクラウスを呼び出す。それだけだ。

相手もまた覚悟を決めたようだ。泡を纏《まと》った状態で、次の瞬間――。

――リリィが駆《か》け出した。

彼女の全力。

速度自体よりも、その気迫《きはく》がギードの神経を高ぶらせる。

不気味な泡を鎧《よろい》のように纏って、肉薄《にくはく》してくる。

長い髪《かみ》を振《ふ》り乱して、雄叫《おたけ》びをあげ、真正面から突《つ》っ込み、

「え？」

と頓狂《とんきょう》な声を出した。

「遅《おそ》いっ」

ギードが導き出した結論は、相手に何もさせない最速の攻撃。

リリィは間合いを詰められていたと気づかなかったらしい。何も見えていない。ギードは踏《ふ》み込み方をズラして、相手に間合いを誤認《ごにん》させていた。

彼女に抵抗する暇《ひま》さえ与《あた》えない。

泡をかいくぐるように彼女の横を通り過ぎ、刀で確実にリリィの背中を打った。

「っ！」

さすがの彼女も限界が来たのだろう。力が抜けていく感覚が伝わってきた。

メンタルの図太さでは一流のスパイにも並ぶ銀髪《ぎんぱつ》の少女――リリィが脱落《だつらく》する。

「残り０人」

これで全員を倒《たお》した。

策を破ったと確信する。刀を払《はら》って、鞘《さや》に納めた。

その際に、ふと手の甲《こう》に泡が載《の》っているのが見えた。全て避《よ》けきれなかったらしい。

反射的に払うが、何も皮膚《ひふ》に変化がない。痛みもかぶれもない。

ただの泡のように感じられる。

「……毒は嘘《うそ》なのか？　あるいは遅れて効きだすのか？」

どのみち猛毒ではなさそうだ。

呆《あき》れながら周囲を見回せば、七人の少女が倒れている。

一望すると、少女たちの髪色が各々《おのおの》異なっていることに気がついた。灰桃《はいもも》、赤、黒、白、蒼銀《あおぎん》、茶、銀。リリィは『虹《にじ》』と喩《たと》えたが、納得《なっとく》がいく。ちょうど七色だ。

惨敗《ざんぱい》する少女を見て、ギードは口元を歪《ゆが》め、

「クラウス、これで少女たちは全滅《ぜんめつ》して――」

と言い終えられなかった。

――突如《とつじょ》、頭上から影が迫《せま》る！

「――っ」

頭上の配管が落ちてきた。

戦闘《せんとう》の震動《しんどう》で、ボルトが外れたらしい。

咄嗟《とっさ》に背後に跳んだ。

――リリィの泡に誘導《ゆうどう》された？

あまりのタイミングの良さに悟《さと》るが、すぐに理性が否定した。

――違《ちが》うか。こんな事故は偶発《ぐうはつ》的なものだ。

たまたまだろう、と考える。偶然が重なっただけだ。

少なくとも知識になかった。

事故を予見できる少女の情報を、ギードは持っていない。

（それに、この程度のトラブル――）

自分ならば問題なく対処できる。既《すで》に配管の落下地点からは離《はな》れている。

その時、何かが動いた。

リリィが生み出した堆積《たいせき》した泡――視界の端《はし》で揺らいだ。

反応が遅《おく》れる。跳躍《ちょうやく》しているため回避《かいひ》を行えない。

何かがギードの背中に飛び込んできた。

激痛が走った。

「あ――？」

口から血が噴《ふ》き出る。背中が焼けるように熱い。

リリィはまだ倒れている。他の六人の少女は動けるはずがない。

なにが起こった？

痛みを堪《こら》えながら、後ろを見る。

そこにはギードが毒と認識していた泡の中から突如、現れた白刃《はくじん》があった――。

「不幸……」

金髪の少女がいた。

ナイフを握《にぎ》りしめ、ギードの背を的確に突き刺《さ》している。

人形めいた美しさを持つ少女が憂鬱《ゆううつ》気な瞳《ひとみ》を向けていた。

「初めての連携《れんけい》は、過酷《かこく》な役割だったの……」

あり得ない光景だ。

ギードはもう一度、呆然《ぼうぜん》と辺りを見回した。

研究所西の保管庫には、七人の少女が倒れ伏《ふ》している。見間違いではない。

可能性があるならば――。

「八人目……？」

白髪《はくはつ》の少女が持ち運んでいた巨大《きょだい》なリュック――そこに隠《かく》れていたのか。その後、リリイが作り上げた泡の陰《かげ》に身を潜《ひそ》ませた。

だが、頭では理解しても、呑《の》み込めなかった。

陽炎パレスではクラウスは幾度《いくど》も「お前たち七人」と呼んでいなかったか？　少女たちも「わたしたち七人」と述べていなかったか？　先ほどもリリィが誇《ほこ》らしげに「虹も七色」と宣《のたま》っていなかったか？

少女たちは七人のはず――。

その時、再び第一通信室から通信が入る。

《伝えていなかったが》

冷ややかな声だった。

《「八人の少女が、七人として生活する」こともルールの一つだ》

「あ……？」

《どうせアナタは全てを察したろうから、特別だ。メンバー紹介《しょうかい》でもしてやろう。

一人目、喧々《けんけん》たる銀髪で、常にやかましいトラブルメーカー――リリィ。

二人目、凜然《りんぜん》たる白髪で、リリィと仲が良い、口の悪い特攻隊長《とっこう》――ジビア。

三人目、気弱な茶髪《ちゃぱつ》で、語尾《ごび》に『っす』とつける心配性《しょう》の常識人――サラ。

四人目、優艶《ゆうえん》たる黒髪《くろかみ》で、色仕掛《いろじか》けが得意でチームの実質的なリーダー――ティア。

五人目、静淑《せいしゅく》たる赤髪で、お淑《しと》やかな口調で僕を『ボス』と呼ぶ参謀《さんぼう》――グレーテ。

六人目、不遜《ふそん》な蒼銀髪で、一人称《いちにんしょう》が『ボク』の天才肌《はだ》のエース――モニカ。

七人目、純真たる灰桃髪《はいももがみ》で、一人称が『俺様』の天真爛漫《てんしんらんまん》な癒《いや》し担当――アネット。

八人目、淡然たる金髪で、事故で合流が遅れて当初孤立《こりつ》しがちだった――エルナ。

僕はずっと「お前たち七人」と呼んでいたが、少女は八人いるのだよ》

それは盗聴《とうちょう》を前提としたトリックだった。

もし実際の目で確かめたならば八人いることは一目瞭然《いちもくりょうぜん》だったろうが、音声だけで八人の少女の声を聞き分けるのは難しい。

「どこまで嘘を……重ねてやがった……」

クラウスと少女たちとの出会いも嘘、彼が少女に誓《ちか》った言葉も嘘、少女たちの騙《だま》し合いも嘘、生活も嘘、リリィの威勢《いせい》も嘘、毒泡も嘘——全てはこの一撃《いちげき》を隠すため。

ようやく悟った。

彼女たちはギードに勝とうなんて一度も考えていなかった。

たった一撃のために一か月間を費《つい》やした。

悟ったところで、既に後の祭りだった。

背中から血が噴き出した。

◇◇◇

倒れていくギードを見て、リリィはぐっと拳《こぶし》を握った。

無邪気《むじゃき》に心が弾《はず》んで、興奮している。

（作戦成功です……！）

八人の少女が、七人として生活を送り続けること——それがクラウスの最も大掛《おおが》かりな罠《わな》だった。

『陽炎パレス　共同生活のルール㉖　七人で協力して生活すること』

最初、少女たちが文面を見た時、文意を理解できなかった。リリィが到着《とうちゃく》して、クラウスが現れた時、七人の少女しか居なかったためだ。ただ幼稚なルールと感じた。

だが、生活二日目の夜、理解する。

度重《たび》なる交通機関の事故により、到着が大幅《おおはば》に遅れたエルナが訪《おとず》れて。

八人の少女たちは「七人で」生活することを強《し》いられた。

――同じ空間に少女が八名いる場合、最低一人は喋《しゃべ》らない。

――極力、仲間を名前で呼ばない。

チーム全員で一つの嘘を作り上げた。

これらは全《すべ》て盗聴を利用した罠のためだ。

（まぁ、大分ギリギリだったわけですけどね……）

リリィはほくそ笑《え》んで、次の行動に移った。

エルナはギードの懐《ふところ》に腕《うで》をいれて鍵《かぎ》を発見する。

彼女から鍵を受け取って、リリィは捕《つか》まった少女を助けにかかる。拘束《こうそく》された少女たちに怪我人《けがにん》はいなかった。安心する以上に、改めてギードの技術の高さに感服する。傷一つ付けず敵の身体《からだ》を痛めつける技術はスパイの世界では重宝される。脅迫《きょうはく》時に。

「さっ、すぐに逃《に》げましょう！　後は先生に任せますっ！」

リリィが手早く他《ほか》の少女を解放していると、エルナが呆れ顔をした。

「さっきの威勢はどうしたの……」

「我々は結局助けてもらう系お姫《ひめ》様ヒロインズっ！」

「謎《なぞ》のユニットなのっ！」

『焔』の裏切者と遭遇《そうぐう》した場合、少女たちの役割は足止めだ。生物兵器の確保は全部、クラウスが行ってくれる。建前や綺麗事《きれいごと》を取っ払《ぱら》った本音は、さっさとこんな恐《おそ》ろしい場所を離れたい、だった。

素早《すばや》い動きで少女を順々に解放していき、最後、白髪の少女に辿《たど》り着き、この機会に顔に落書きでもしてやろうかと閃《ひらめ》いたところで——。

「後ろなのっ！」

エルナの悲鳴が聞こえた。

飛んできた刀をギリギリで回避する。リリィの髪《かみ》を縛《しば》るリボンが千切《ちぎ》れる。

本当にエルナの危機感知能力には驚《おどろ》かされる。それだけ不幸な人生を歩んできたのか。

しかし、できれば目の前の現実を見せてほしくなかった。

ギードが起き上がっていた。

獣《けもの》のように爛々《らんらん》と目をぎらつかせて、荒《あら》い呼吸を繰《く》り返して。

「エルナは、しっかり刺したはずなの……」

「刺さった後で身体をずらして、骨と筋肉で受け止めた……」彼は口元から流れる血を拭《ぬぐ》った。「少しばかり気を失った。認めてやる、久しぶりだ」

リリィの隣《となり》では、エルナが唇《くちびる》を噛《か》んでいる。彼女に責められる謂《いわ》れはなかった。一流のスパイに騙されるな、という方が無茶なのだ。

「ガチガチの化物ですね……」

ギードは髪をかき上げる。その手は血で濡《ぬ》れており、髪もまた錆色《さびいろ》に染まった。風に吹《ふ》かれて乾《かわ》いていく。血で塗《ぬ》り固められた髪型は、少女たちを威圧《いあつ》した。

「逃げましょうっ！」

リリィの合図と共に、少女たちは駆《か》け出した。

ギードは重傷を負っている。動けるはずがない。そんな判断だった。

まだ元気な素振《そぶ》りは──演技だ。

そして、その推測は不正解だった。

「──っ」

ギードは、万全《ばんぜん》状態と遜色《そんしょく》ないキレを見せた。

跳躍を見せた瞬間《しゅんかん》には、空中を走るように配管を蹴《け》り続けて、あっという間に少女たちに肉薄《にくはく》していく。逃げる少女たちの頭上に追い付き、右手から何かを打ち出した。

血だった。

右手を大きく振るい、血を散弾銃《さんだんじゅう》のように放った。粘《ねば》り気《け》のある血は、一度、目に入るとなかなか取れない。十分すぎる牽制《けんせい》。

彼の標的は、リリィだった。風を切る音が聞こえてきそうな蹴りが、彼女の顔面に迫《せま》りくる。それを白髪《はくはつ》の少女が寸前で助けに入って受け止めた。勢いは止まらなかった。白髪の少女の身体はリリィを巻き添《ぞ》えにして、ふっ飛ばされ、背後にいた別の少女二人も巻き込んで地面に薙《な》ぎ倒《たお》された。

一度の蹴りで四人の少女が無様に地面に転がる。

――強すぎる。

今のギードは、まさに手負いの獣だった。

手の付けようがない。

「〇・一秒」ギードが指を立てた。「動きが鈍《にぶ》った。それがお前たちの成果だ」

誤差としか言えない数字だ。

策という策を尽《つ》くして得られたのは、それだけ。

ギードはまだ起き上がれない少女たちを見下ろして、拳銃《けんじゅう》を突《つ》きつける。彼女たちの背後のガスタンクが気にならないらしい。少女たちの身体に当てられると確信しているのだろう。

ギードが表情を殺して、引き金に指をかけた時だった。

「――極上《ごくじょう》だ」

冷たく、力強い声が聞こえてきた。

拳銃が弾《はじ》かれる。ギードは少女たちから離《はな》れた。

先ほどまで彼がいた場所に――クラウスがすっと着地する。

「先生っ！」リリィが歓声《かんせい》をあげた。

クラウスはリリィに向かって、アタッシェケースを投げた。

「生物兵器だ。これを抱《かか》えて逃げろ」

「一人で手に入れたんですね……」

「お前たちが師匠《ししょう》を引きつけてくれたおかげだ」

クラウスは少女たちに背を向け、ギードを睨《にら》んだ。

「僕は少々手間取る。先に行け。ルート4で帰国しろ。高原にふっと湧《わ》く泉のような準備を忘れずに」

「意味不明ですが、了解《りようかい》しました」

リリィは他の少女の安否を確認《かくにん》していく。

その裏では、クラウスとギードの再会が行われていた。

「久しぶりだな、師匠……」

「クラウス……」

死に別れたはずの師弟《してい》が対面して、どのような会話を果たすのか。気にならずにはいられないが、見物している場合ではない。

少女たちは研究所の敷地《しきち》外へ駆け出した。

「僕の部下が最高の働きを見せてくれた」クラウスの声が背後から聞こえてくる。「アナタの動きが〇・一秒も遅《おそ》い」

余裕《よゆう》に満ちた声だった。

「ようやく、アナタに追い付けた」

それに対して、ギードは憤《いきどお》りを抱《いだ》いたらしい。

「クラウスっ！」咆哮《ほうこう》に似た声が轟《とどろ》く。

リリィは去り際《ぎわ》に振り返り、その光景を見ていた。

ギードが拳銃を構えて、クラウスの下《もと》に突撃していく。その速度はリリィが反応できるレベルを超《こ》えていた。

「師匠、残念だが――」

クラウスの唇が小さく動いた。

「今のアナタでは、僕の敵にさえなれないよ」

リリィが最後に見たのは、ギードが四肢《しし》を広げて空中に舞《ま》っている光景だった。

クラウスが何をしたのかさえ分からない。

格の違《ちが》う二人の闘《たたか》いは、彼女にはあまりに速すぎた。

しかし、どうやらクラウスが勝ったのだろう、とは自然と理解できた。


五分後、少女たちは研究所の壁《かべ》に到達《とうたつ》して、無数の銃撃から逃げながら脱出《だつしゅつ》した。

身を隠《かく》した少女たちは、事前に手配していたトラックに乗り込み、荷物に紛《まぎ》れて国境を越《こ》える。

かくして不可能任務は成功に終わった。

エピローグ　喪失と再生

　不可能任務を終えて一週間後――。

『灯《ともしび》』の少女たちは大広間にいた。それぞれ大きな旅行カバンを持っている。数人は落ち着きなく中身を開けて、数人は眠《ねむ》そうに欠伸《あくび》をしている。昨夜は遅くまでパーティをしていたせいで、十分な睡眠《すいみん》をとれなかった。まだ荷物を全て、カバンに収め切れていない者もいる。

　その筆頭、リリィは洋服をぐっとカバンに押し込んでいたが、入り切らないことに気が付くと、中身を取り出し始めた。余分な物まで入れすぎたらしい。乱雑に押し込まれた拳銃を取り出すと、上機嫌《じょうきげん》に口元を緩《ゆる》ませる。

「あぁ、こうやってスパイ道具を見ると、思い出しますね。わたしがギードさんを欺《あざむ》いてみせた瞬間……あぁ、天才道化師《どうけし》リリィちゃんの誕生ですわ」

　とっくに支度《したく》を終えていた、白髪《はくはつ》の少女が凛然《りんぜん》と指摘《してき》する
「かなり適当に言っていたけどな。七つの大罪のバランス云々《うんぬん》」

「うるさいですね、憤怒《ふんぬ》担当」

「殴《なぐ》る前に聞いておくと、お前の担当は？」

「強欲《ごうよく》、嫉妬《しっと》、暴食、怠惰《たいだ》、傲慢《ごうまん》の五つ」

「バランスもへったくれもねぇな！」

あの辺りのリリィとギードの会話は、少女全員が内心でツッコミをいれていた。

ギードを欺く作戦とはいえ、リリィの発言は無茶苦茶だった。

それでも功を奏したのは事実なので、彼女が上機嫌になるのは無理もないのだが。

そんな彼女に冷静な発言を浴びせる者もいた。

「そもそも、エルナたち……あまり仕事してないの……」

「む、なんてこと言うんですか！」

エルナは自分の背丈《せたけ》近くある旅行カバンに腰《こし》を掛《か》けて、足をふらふらと動かしている。

「エルナたちは、八人で研究所の隅《すみ》っこに忍《しの》び込んで、敵一人に一撃《いちげき》浴びせて逃げただけなの……」

「うん。大活躍《かつやく》ですね」

「せんせいは、その間に見張りを十二名気絶させて、軍人に変装して潜《もぐ》り込み、鍵《かぎ》を盗《ぬす》んで、金庫を三つ開けて、研究者を強請《ゆす》って、生物兵器を奪《うば》って、研究資料を処分して、敵工作員を四人戦闘《せんとう》不能にして、最後に、エルナたちが歯が立たなかった敵を倒したの」

「…………」

リリィは告げられた事実を、時間をかけて咀嚼《そしやく》し、目をかっと見開き、大股《おおまた》でエルナに歩み寄っていき――

「とりゃあぁっ！　頰《ほ》っぺた突《つつ》き！」

「のっ？」

――逆切れをした。

「意地悪なエルナちゃんには、おしおきです！」

「ひゃ、ひゃめるの！」

「お、このむにむにした肌触《はだざわ》り、エルナちゃんは実在したんですね」

「ひょうぜんなの！」

「いや、潜伏《せんぷく》中は存在感が無さすぎたので……世界から消えてました？」

「酷《ひど》すぎるのっ！」

リリィはエルナの両頰《りようほお》を人差し指で同時に突きながら、彼女の存在を確かめる。

次第《しだい》にエルナが苦しそうになってくると、他《ほか》の少女たちが「エルナをイジメるな！」とリリィに飛び掛かる。リリィは意地になってエルナの頰を触り続け、他の少女たちはリリィを剝《は》がしにかかり、身体《からだ》をあちこちに揺《ゆ》さぶられ続けるエルナは声をあげた。

「あ、あまり不用意にエルナに近づくと……」

「うおっ、床《ゆか》があぁっ！」

リリィが足を滑《すべ》らせた。

絨毯《じゅうたん》のたわみに足を取られて、仲間を巻き込んで転倒《てんとう》する。エルナが腰を掛けた旅行《りょこう》カバンの留め金が外れて、中身が大広間に散乱した。エルナが「不幸……」と呟《つぶや》いた。

他の少女を下敷《したじ》きにして、リリィは仰向《あおむ》けに横たわる。

早く退《ど》け、という言葉に耳を貸さず、リリィは天井《てんじょう》を眺《なが》め続けた。

「はーぁ」

彼女はため息に似た声をあげた。

「こんな楽しい日々も、もう終わりですねー」

彼女たちが荷造りをした理由——それは別れのためだ。

「その通りだ」

冷静な声が聞こえてきた。

大広間の端《はし》で、クラウスがソファに腰を掛けていた。

「『灯』は不可能任務攻略《こうりやく》を目的とした臨時チームだ。達成しての解散だ。誇《ほこ》っていい」

少女たちは軽く頷《うなず》いた。

彼女たちは『焔《ほむら》』の裏切者対策に結成されたチームだ。その役目が果たされた以上、離《り》散《さん》する運命にある。未熟な少女がこれ以上過酷《かこく》な任務に挑《いど》まねばならない理由はない。

彼女たちはそれぞれの養成学校に戻《もど》る予定だ。次にスパイとして活動するのは、仮卒業ではなく正式な卒業を勝ち取ってからになる。

「では、そろそろ時間だ」

汽車の出る時間を見計らって、クラウスが告げた。

別れの挨拶《あいさつ》は昨晩に済ませてあった。少女たちは身支度を整えて、旅行カバンを抱えると玄関《げんかん》に向かった。

少女たちは一人一人クラウスに感謝を告げて、扉《とびら》の外へ向かっていく。

クラウスは無言で少女たちを見送っていた。

「……」

「ん、どうかしました？」

最後の一人となったリリィは、そのクラウスの表情が気になった。一瞬《いっしゅん》だけ何か言いたげに唇《くちびる》が動いたのだ。

「いや、なんでもない」彼は小さく首を横に振《ふ》った。「またどこかで会おう」

「そうですね……次会うのは、きっと何年も先になりますが」

リリィは薄《うす》く微笑《ほほえ》んだ。

「──また、どこかで」

◇◇◇

クラウスは少女たちを見送り、『灯』の最後の仕事を果たした。

向かったのは、ディン共和国の内閣府。陽炎《かげろう》パレスから車を飛ばして二時間。首都中央部にある地味な建物だ。尾行《びこう》の有無《うむ》を確かめて、対外情報室に入る。

洋室には、ロマンスグレーの男が待ち構えていた。枯《か》れ枝《えだ》のように細い体躯《たいく》だが、その目は一線を退《しりぞ》いた今でも猛禽類《もうきんるい》ように爛々《らんらん》と鋭《するど》く光る。

名前はない。Cという記号だけを持つ。

彼がディン共和国のスパイの元締《もとじ》めだ。国内のスパイチームの指示は彼が下す。

クラウスは口頭で報告を行った。

Cは報告を聞き終えると「よくやった」と賛辞の言葉をかけてきた。

「これで軍の奴《やつ》らに貸しが作れた。対外情報室も動きやすくなる」

「僕は内部闘争のために動いた訳じゃない」

「そう言ってほしくないな。増長する軍の統制は結果的に国民の平和に繋《つな》がる」

室長――クラウスはCをそう呼んでいた――は口元だけで笑《え》みを浮《う》かべた。

「コーヒーを淹《い》れてあげよう。私自ら」

「不要だ」

「そう言うな。私は任務終わりの部下に振る舞《ま》うのが大好きなんだ」

クラウスの制止も聞かずに、室長はミネラルウォーターを電気ポットに入れて、お湯を沸《わ》かし始めた。

クラウスは煩《わずら》わしい感情を込《こ》めて室長を睨《にら》むが、彼は意に介《かい》さず豆を挽《ひ》き始めた。

ため息をつき、勧《すす》められるがままにソファに腰を掛けた。

室長はコーヒーを淹れる間は終始無言だった。丁寧《ていねい》に二杯《はい》のコーヒーをドリップすると、クラウスの正面に腰を掛けた。

「まず、最初に確認《かくにん》をすると」

室長がゆっくりと口を開いた

「本当に『灯』は解散させたんだな？」

「今の彼女たちならば、養成機関に戻っても活躍できるだろう。授業下手の僕ではなく、優秀《ゆうしゅう》な教官から手厚い指導を受け、大切に育てるべきだ」

クラウスは首肯《しゅこう》し、淹れたてのコーヒーを口に含《ふく》んだ。泥水《どろみず》と同レベルの味だったが、顔には出さなかった。

「まいったな」

室長が首の後ろを撫《な》でた。

「私としては存続がいいんだがな。考え直してくれないか？」

「あり得ないな」

「今回の任務で確信したよ。自国の情報が帝国《ていこく》に流出しているのは間違いない。彼らの眼中になかった問題児で構成された『灯』は対帝国の切り札になるはずだ」

それは普段《ふだん》の有様を知らないからな、とクラウスは内心で呆《あき》れた。

才能は認めているが、彼女たちに不安がある事実は否《いな》めない。特に、気を抜《ぬ》いた時は総じてミスを犯《おか》す。

「これ以上、未熟な少女たちに命懸《いのちが》けの任務を強《し》いれないさ」

「しかし、この国の現状がだな……」

「上のミスで、末端《まったん》にリスクばかりを押しつける手法なんて長続きしない」

ただの無責任だ。今回の任務は、上が察知できなかったギードの裏切りを少女たちがフォローした形。客観的に見れば、実に情けない話だ。

過酷な任務に挑むのは養成機関で力をつけてから。それが本来の手順だ。

にべもない態度を取り続けていると、室長が目を細めた。

肌《はだ》に微《かす》かな痺《しび》れがはしる。

苛立《いらだ》ちか。いや、殺気だろう。

「……強権を用いるなら、すればいい。当然、僕は反発する」

「まだ何も言っていないじゃないか」

「同じスパイだ。発想は通じる」

「……例えば、国中の優秀なスパイを使って、キミを脅迫《きょうはく》しても？」

室長が身を乗り出し、刺《さ》すような鋭い視線を向けてくる。

この国のスパイを操《あやつ》り続けた男の厳しい威圧《いあつ》だった。

「――やってみろ」

引く気はなかった。

国中の同胞《どうほう》を敵に回そうと、意志を曲げる気はない。

堂々と胸を張り、睨み返す。

先に視線を外したのは、室長だった。

「……『焔』を失った今、キミの忠心まで失う訳にはいかないな」

笑みを浮かべて、自身の淹れた不味《まず》いコーヒーをうまそうに飲んだ。

「仕方ない。それが、彼女たちを守る最善の手法なんだね？」

「彼女たちには感謝しているのさ」

クラウスもまたコーヒーをもう一度飲んだ。

「安心していい。『灯』が解散しようと憂慮《ゆうりょ》は不要だ。対帝国の任務は、引き続き僕に担当させてくれ」

そう伝えると、室長はなぜか不安げに肩《かた》を落とした。

「私が『灯』を存続させたいのは、何も対帝国のためだけではないがね」

「どういうことだ？」

室長は昔を懐《なつ》かしむようにコーヒーカップにじっと視線を落とした。

「かつて『焔』のボスがよく言っていたよ。キミはやや『焔』に依存《いそん》的なきらいがある」

「家族を愛しているだけさ」

「不安を溢《こぼ》していたよ。もし『焔』が無くなった時、キミが独り立ちできるか心配と」

クラウスは、ボスの姿を思い出した。

ギードが拾った自分を温かく受け入れてくたのは、『紅炉《こうろ》』と呼ばれる優《やさ》し気な女性だった。彼女にはスパイの技術よりも道徳を教えられることが多かった。

「……まるで、子育てに悩《なや》む母親の愚痴《ぐち》だな」

「実際そうだったんだろう？」

「…………」

クラウスは無言を貫《つらぬ》いた。緩《ゆる》やかな肯定《こうてい》だった。

彼女が自分をどう思っているか分からないが、自分は彼女を母親のように感じていた。時に厳しく、時に優しく、自分の心を支えてくれた。彼女がそばにいた安らぎの時間は今も脳裏《のうり》にある。

しかし――彼女は消えた。

いや、彼女だけではない。彼女と等しく兄姉《きょうだい》と慕《した》っていた他《ほか》の仲間も――。

「少し休んだ方が良いな、キミは」室長が穏《おだ》やかな声をかけてきた。

「…………僕は立ち止まれない」

「いや、この命令くらいは従ってもらうよ」

室長は自身のコーヒーを飲み干すと、席を立って、クラウスの肩に手を乗せてきた。

どっしりと重たい手だった。

「一か月の休暇《きゅうか》を与《あた》えよう。今のキミは憔悴《しょうすい》しているように見える」

「当然だ、家族を失ったのだから」

「いいや」室長が否定する。「あの時にも増して、今が酷《ひど》い」

「…………」

何も言い返せず、クラウスは退室した。

クラウスが内閣府から出ると、深夜になっていた。

日は沈《しず》み、月も分厚い雲に隠《かく》れていた。郊外《こうがい》の紡績《ぼうせき》工場から出る煤煙《ばいえん》が大気に溶《と》け込んで、最近の夜は一層暗くなった。女子供はもちろん、港近くの街では男さえ夜は出歩かない。無意識に帝国の煌《きら》びやかな街並みと比較《ひかく》していた。ディン共和国との国力の差が身に染《し》みて、大きく息をついた。

一人だった。

ぼんやりと曇天《どんてん》の空を見上げて、歩いていく。

「…………っ」

頭を占《し》めていたのはギードとの別れだった。

◇◇◇

生物兵器を確保して、少女たちを逃《に》がした後でも、最後の仕事が残されていた。

聞き出さなくてはいけない。

なぜギードが『焔』を裏切り、メンバーが殺されなくてはならなかったのか。

クラウスの知る限り、『焔』に不満を持っていなかったはずだ。クラウス同様にチームを愛して、家族のように感じていたはずだ。なのに、なぜ――。

背中から大量の血を流して倒《たお》れ伏《ふ》すギードのそばに片膝《かたひざ》をついた。クラウスが声をかける前に、彼が掠《かす》れる声を出した。

「見事だな、バカ弟子《でし》……」

「師匠《ししょう》……」

その弱々しい声に、罪悪感を抱《いだ》くことは筋違《すじちが》いだ。

彼に重傷を負わせたのは、自分自身なのだ。

「驚《おどろ》きだぜ」ギードは薄く微笑んだ。「まさか弟子の弟子にやられるなんてな」

「僕の完璧《かんぺき》な授業の成果だな」

「見栄《みえ》を張んな」

言い返そうとしたが、諦《あきら》めた。

彼は陽炎パレスの会話を盗聴《とうちょう》していた。授業の杜撰《ずさん》さはお見通しだろう。

「お前が超絶《ちょうぜつ》口下手で不器用なのは知っている。よく頑張《がんば》った方じゃねぇのか？」

「頑張ったのは少女たちの方だ……アナタを倒した以上、別れることになるが」

「解散か。寂《さび》しくなるだろう」

「いや、そうでもない」クラウスは告げた。「師匠が来ればいいからな」

「は？」ギードは唖然《あぜん》としたように口を開ける。

クラウスはそっとギードの首元に手を当て、血流を確かめた。

「この傷でも今すぐ応急処置すれば、師匠なら助かるだろう」

「本気で言ってんのか？」

「当然だ。師匠、二人でもう一度『焔』を始めよう」

背広を脱《ぬ》いで、裏に仕込んだ針と糸を取り出した。それからナイフで服を裂《さ》いて包帯を作りあげる。

「甘すぎる……」

その光景をギードは信じられないような目で見ていた。

「バカか……クラウス……上にはどう説明する気だ……？」

「僕に下されたのは、生物兵器の奪還《だっかん》だ。達成した以上、文句は言わせない」

「だからって……」

「アナタは僕に残された唯一《ゆいいつ》の家族だ」

私情と罵《ののし》られようと構わない。誰《だれ》に糾弾《きゅうだん》されようとも、優先する未来がある。

それには、もちろん最低限の条件を果たす必要はあるが――。

「だから、まずは話してくれ。アナタはなぜ裏切った？　その理由次第《しだい》だ」

クラウスは針をそっとライターで炙《あぶ》って、ギードを睨《にら》んだ。

この針を彼の喉元《のどもと》に突《つ》き立てるか、傷口を縫合《ほうごう》するかは返答で決まる。

「『蛇《へび》』」

ギードはぽつりと漏《も》らした。

「帝国の新しいスパイチームだ。不気味な連中だ。見た瞬間《しゅんかん》、反吐《へど》が出る程《ほど》の……」

「……聞いたことがないチームだな」

「オレはアイツらに――」

「師匠、一旦《いったん》、静かにしてくれ」

ギードの言葉を遮《さえぎ》った。

彼に事情があると聞けた以上、ギードの延命が先決だ。

「これから簡単な手術をする。理由があるのは分かった。話は戻《もど》ってから——」

ゆっくり聞こう——と言い終えられなかった。

前を向くと、銃弾《じゅうだん》。

殺気がなかった。音もしなかった。

クラウスといえど暗闇《くらやみ》に近い環境《かんきょう》での縫合手術は、かなりの集中がいる。死にかけの師匠に気が取られていた。眉間《みけん》を狙《ねら》った銃弾に反応できなかった。

隙《すき》を狙った完璧な奇襲《きしゅう》。

——死。

そう意識した直後、周囲に鮮血《せんけつ》が飛び散った。

全身が赤い液体で濡《ぬ》れていく。

「師匠……？」

ギードが自身に覆《おお》いかぶさっていた。

彼が銃弾から庇《かば》ってくれたと理解すると同時に、自らの身体《からだ》を伝う液体が彼の血だと気が付いた。銃弾は、彼の胸部に命中していた。

ギードの身体がだらりと力をなくした瞬間、クラウスの視界が開けた。

遠くの建物の屋根には、小銃を構えた人間がいた。

スナイパーは身を翻《ひるがえ》して闇に消えた。

追いかける気にはなれなかった。ギードの傷口を押さえて血を止める。

目の前で失われる命を繋《つな》ぎ止めたかった。

それが手《て》遅《おく》れだと悟《さと》っていても――。

ギードは囁《ささや》いた。「――――」

その言葉を残したきり、彼が口を開くことは二度となかった。

◇◇◇

陽炎パレスに戻った時、当然、そこには誰の姿もなかった。

扉《とびら》を開閉する音だけが、洋館の中に響《ひび》く。

頭にあるのは『蛇』という正体不明のスパイチーム。一か月間を休息に充《あ》てる気はなかった。彼らは復讐《ふくしゅう》の対象だ。スパイとしての責務もある。調べなければならない。

しかし、自室までの階段を上がろうとしたところで、足が止まる。室長が指摘《してき》したように、疲労《ひろう》が溜《た》まっているのだろう。少し休む必要はあるようだ。

クラウスは大広間に向かい、ソファに腰《こし》かけた。

振《ふ》り子《こ》時計の下にある、部屋全体を見渡《みわた》せる席。

この席に座るのは、久しぶりだった。

『焔』のメンバーが陽炎パレスにいた頃《ころ》は、クラウスの定位置でもあった。そこで居眠《いねむ》りするのが好きだった。命を懸《か》けた任務から戻ってきた時は、常にそのソファに向かい、心を安らげた。顔を上げると、ボスが自ら紅茶を淹《い》れてくれ、メンバーの一人がフィナンシェを焼き、ギードがチーズケーキを買ってくる。仲間と共に談笑《だんしょう》をしながら、任務の活躍《かつやく》を労《ねぎら》った。

『焔』がなくなり、『灯』の時代になってから、大広間は通り過ぎるだけの空間となった。もう少し彼女たちと過ごせばよかったかもしれない。深夜、クラウスが紅茶でも飲もうと大広間に下りると、少女たちは激論を交《か》わしている。自分を倒すため、少しでも力を磨《みが》き上げるため、時にケンカし合い、時に励《はげ》まし合っていた。ターゲットである自分が大広間に進入し、隣《となり》のキッチンの戸棚《とだな》から茶葉を取り、去っていくことにも気がつかないのはどうかと思うが、翌日にはどんな襲撃《しゅうげき》をするか、楽しみにしたことは覚えている。

思い出を挙げれば尽《つ》きない。

『焔』との日々はもちろん、『灯』の毎日も悪くなかった。

ただ今、自分は一人となっている。
二つの日々のどちらも失った。
「虚《むな》しいな……」
笑いが絶えなかった広間に、たった一人でソファに腰かけている。
この心を穿《うが》つ感情は一体なんなのか。
計画は完璧だった。
ギードから言い渡《わた》された『世界最強』の称号《しょうごう》に恥《は》じない働きだった。
任務は達成し、仲間を誰一人死なさず、『焔』を壊滅《かいめつ》させた裏切者を始末した。
授業ができない欠点だって工夫《くふう》により乗り越《こ》えた。
他《ほか》の誰にも真似《まね》できない成果ではないか。
では、なぜ満たされない――。
「こんな――」
クラウスは声をあげる。
「――こんな結末が、僕が望んだものなのか」
それならば、この二か月にはどんな意味があったのか。
そう嘆《なげ》いた時――ふと気づく。

右腕《みぎうで》が動かない。

縛《しば》られている？

ワイヤー？　いつの間に？

異常事態を察知した時には反応が遅《おく》れていた。

ソファの背後から、無数のワイヤーが伸《の》びてくる。首、脚《あし》、胴《どう》、額と次々とワイヤーが絡《から》み合い、身体を動かせなくなった。

回避《かいひ》を試みようとした時、銃口が向けられていることに気が付いた。

銃を向けられ囲まれている。家具の陰《かげ》から少女たちが現れて――。

白髪《はくはつ》の少女と黒髪《くろかみ》の少女が左右から拳銃《けんじゅう》を突《つ》きつけ、茶髪の少女が脚を狙い、赤髪の少女が心臓に照準を合わせている。灰桃髪《はいももがみ》の少女が楽し気に、そして、蒼銀髪《あおぎんぱつ》の少女が冷ややかに行動を見張っている。金髪の少女――エルナが見えないということは、ソファの後方で構えているのか。

「とうとう捕《と》らえましたっ！」

銀髪の少女――リリィは特に何もしていないが、クラウスの前で胸を張った。

「お前たち……養成学校に戻ったはずでは……」

「演技です」

彼女は事も無げに告げてくる。

どういう心変わりなのか。

彼女たちは、ここ数日クラウスの推薦《すいせん》により養成学校に戻る準備を進めていた。昨夜には解散のパーティまで開いたばかりであるのに。

「ふっふっ、とうとう完全勝利です。いくらでも要求を呑《の》ませられますね！」

「要求？」

「決まってるじゃないですか――『灯』の存続ですよ」

リリィはそう主張する。

首を傾《かし》げたくなったが、ワイヤーで捕らえられてそれもできない。

「なぜだ……？　出会った時とは真逆の要求を――」

「はい、出会った時とは真逆のリリィちゃんです」

彼女は顔の前でピースサインをする。その後で、立てた二本の指を振りながら、偉《えら》そうに説明を始めた。

「いやいや、みんなで話し合ったんですよ。ほら、今更《いまさら》学校に戻って卒業して見知らぬスパイチームに加わるより、一度死線を乗り越えたメンバーが良いって」

「それはそうだが……」

誇《ほこ》らしげに語るリリィの強引《ごういん》さに押されて、つい頷《うなず》いてしまう。

なるほど、と思わなくもないが、しかし理解できない点もあった。

「……その普通《ふつう》に伝えればいい要求を、わざわざ僕を騙《だま》して縛って、銃口を向けて伝える理由は？」

「授業の続きですね」

「授業はとっくに終わった」

「じゃあ、仕返し」

「お前は本当に性格が悪いな」

スパイとして武器にもなるが、この少女は性格が強《したた》かすぎる。

今の状況《じょうきょう》がよっぽど嬉《うれ》しいのか、リリィはにこやかな笑みを浮《う》かべた。

「ふふーん、そんな呆《あき》れ顔しても無駄《むだ》ですよ。今回は人質《ひとじち》も取っていますからね」

「人質？」

「下を見てください」

白髪の少女が一瞬ワイヤーを緩《ゆる》めて、ソファの下を見せてくる。

そこには、いつの間にかキャンバスが置かれていた。少しでもクラウスが暴れれば、踏《ふ》み破いてしまうような位置である。

「先生がずっと描《か》いている絵です。暴れたらビリビリになっちゃいますね」

「鬼畜《きちく》の所業だな」

「強くなったでしょう？　誰《だれ》かさんのおかげですが」

リリィがそっと手を伸ばしてきた。

「もっと教えてくださいよ――落ちこぼれだったわたしたちが咲《さ》き誇れる方法を」

彼女の言葉に続くように、他の少女たちも口にする。

「アンタとの訓練が一番タメになるしな」と、「俺様もいっしょー」と、「せんせいのおかげで初めて夢に近づけたの」と、「憧《あこが》れの『焔』が師なんて私の理想よ」と――。

彼女たちはめいめいに自分自身へ信頼《しんらい》の言葉を伝えてくる。

クラウスの脳裏《のうり》にあったのは、ギードの遺言《ゆいごん》だった。


『守り抜《ぬ》け、今度こそ』


彼はそう言い残して、息を引き取った。

クラウスはその命に従って、少女たちを任務から遠ざけようとした。養成学校に送り返すことで守ろうとした。しかし、今となっては間違《まちが》いだと悟る。自身の身体に纏《まと》わりつく無数の技術が教えてくれる。彼女たちの成長を感じさせてくれる。

指導一つできなくとも、それでも自分は教師だった――。

ならば自分は何を選び取るべきか。

「さぁ、先生！　『降参』の準備はいいですか？」

リリィは偉そうに喚《わめ》き続けている。

「『灯』の存続を宣言して、降参って言って、ついでに、これまでの鬱憤《うっぷん》を――」

「ところで――」クラウスは口にする。「このお遊びには、いつまで付き合えばいい？」

力ずくで少女たちの拘束《こうそく》を破る。

少女たちの警戒が一瞬緩んだタイミングでワイヤーを勢いよく引っ張る。固定していた少女の体勢が乱れて、その暴れ回るワイヤーに他の少女も薙《な》ぎ倒《たお》された。拳銃――さすがに実弾《じつだん》は入っていないだろうが――を放つ暇《ひま》もない。同士討《う》ちを躊躇《ためら》ううちに、ワイヤーで拳銃を搦《から》めとる。

美しくない手段だが、今回ばかりは仕方がない。

彼女たちにとって、予想外の手段だったらしい。警戒不足。キャンバスを踏みにじりながら、全員の動きに対処する。まだまだ経験が足りない。これから鍛《きた》えればいいか。

足元のキャンバスは無惨《むざん》に引き裂《さ》かれる。

「せ、先生！　そこまでしますか！　大切な絵を踏みつけてまで！」

「過去に執着《しゅうちゃく》するのは、たった今やめたんだ」

そう吐《は》き捨てる。

もちろん復讐《ふくしゅう》の願望は簡単に消えないだろう。しかし、違う道を見つけられた。

復讐の果ての光景が無人の家というのは、あまりに寂《さび》しすぎるから。

きっとボスも許してくれるだろう。

師匠《ししょう》も、そして、仲間も認めてくれるはずだ。

「お前たちでは、僕の敵にさえなれないよ」クラウスは軽く告げる。

敵には値《あたい》しない。

敵になれるとも思えない。

けれども、もっと別の存在にならーー。

人生はいつだって皮肉に満ちている。

仲間の復讐のために動いていた日々で、新たな仲間を得る。

クラウスは、裂かれた絵を拾うと、その乾《かわ》ききった絵の具の一部を剝《は》がした。そして、
大広間の壁《かべ》に白いスペースを見つけると、先ほど剝がした絵の具を押し付けて、一本の、
赤く、細く、儚《はかな》く、それでいて、力強い線を描いた。

これで完成だ。
二つの絵を見比べる。
紅《あか》色の絵の具を激しく塗《ぬ》り『家族』と名付けた——まるで燃え上がる焔のような絵。
そして、それを破り裂き、新しく描いた——まだ弱々しい灯のような絵。
「極上《ごくじょう》だ——」
クラウスはゆっくりと微笑《ほほえ》む。
新作の題名は、これからつければいい。
かつて家族と過ごした空間に、新たな仲間の絵が飾《かざ》られる。

あとがき

はじめまして、この度第32回ファンタジア大賞《大賞》を受賞させていただいた竹町《たけまち》です。

応募《おうぼ》作のタイトルは『スパイは甘く誘惑《ゆうわく》される。学校全員の美少女から』。そこから、修正を重ねて、本作が出来上がりました。

ちなみに、応募時のあらすじと、本作のあらすじがかけ離《はな》れているのは、担当編集さんとの話し合いの結果です。応募作の長所と短所を分析《ぶんせき》し、《大賞》の期待に応えられるよう直しました。もし今後のファンタジア大賞に応募する上で参考にすべく、本書を手に取った読者様は御心配《ごしんぱい》なく。編集部に毒を盛られて、修正するよう脅迫《きょうはく》されたという事情はありません。美味《おい》しいコーヒーを奢《おご》ってもらって、懐柔《かいじゅう》された記憶《きおく》ならあります。

応募時のあらすじが気になった方は、ぜひファンタジア大賞のホームページを覗《のぞ》いてください。修正時の頑張《がんば》りが伝わるかなと思います——主に、担当編集さんの。

以下、謝辞です。

イラストレーターのトマリ先生。登場人物たちのデザイン、ありがとうございました。特にクラウスがカッコよくて、ビビります。この巻では活躍《かつやく》する場面の少ない少女たちも、その魅力《みりょく》的なデザインが映えるよう、次巻で活躍させていきますね。

銃器《じゅうき》設定協力のアサウラ先生。とにかく銃に疎《うと》い私に下さいました多くのアドバイス、感謝しきれません。奥深さを教えていただいたので、これから自分も少しずつ学んでいきます。

そして、ファンタジア大賞の選考員の先生方。《大賞》という誉《ほま》れある賞を与《あた》えていただき、ありがとうございました。先述の通り、応募作とはやや異なる作風となりましたが、与えてくれた責任の甲斐《かい》あって、多くの修正を行うことができました。

最後に、読者様。「スパイ」というライトノベルでは馴染《なじ》みのない題材でありながら、手に取っていただきありがとうございます。続刊も遠くないうちに出ると思いますので、またよろしくお願いします。

では、では。

竹町